시조를 좋아하고 시를 사랑하는
문우님께
마음을 담아 드립니다.

이 강 례

섬진강 처녀

섬진강 처녀

1판 1쇄 : 인쇄 2022년 04월 27일
1판 1쇄 : 발행 2022년 04월 30일

지은이 : 이강례
펴낸이 : 서동영
펴낸곳 : 서영출판사

출판등록 : 2010년 11월 26일 제 (25100-2010-000011호)
주소 : 서울특별시 마포구 월드컵로 31길 62
전화 : 02-338-0117 팩스 : 02-338-7160
이메일 : sdy5608@hanmail.net

디자인 : 이원경

ⓒ2022 이강례 seo young printed in seoul korea
ISBN 979-11-92055-14-5 04810
ISBN 978-89-97180-00-4(set)

섬진강 처녀

이강례 시조집

2022·서영

이강례 시인의 첫 시조집 출간을 축하하며

아호가 인혜당인 이강례 시인은 곡성에서 태어났다.

2016년 봄 [동산문학] 신인문학상 수필 당선, 2017년 여름 [문학예술] 신인문학상 시 당선, 2019년 가을 [문학예술] 신인문학상 시조 당선으로 등단한 이후, 문학상으로는 광주 문인협회 백일장 수상, 광주시 남구 신문 수필공모전 수상, 호남 시조문학상, 광주시 서구사랑 백일장 수필 수상, 광주 문협 시민백일장 수필 수상, 광주예총천인의 즉흥시 재치 상, 한글날 훈민정음 백일장 문학상, 현대시문학 삼행시 문학상(2회, 3회), 전국 박덕은 백일장 문학상, 노산 시조백일장 문학상, 샘터 수필문학상 등을 수상했고, 사단법인 한국 반달문화원 제25회 동화 구연상도 수상했다.

문학 활동으로는, 광주광역시 문인협회 회원, 한실문예창작 회원, 서은문학 연구소 회원, 탐스런 문학회 회장, 문학예술 현 광주전남지회 부회장으로 활약하고 있다.

저서로는 시집 [섬진강 처녀]를 출간한 바 있다.

시조집을 내기까지, 문학의 마중물 같은 첫 수업으로 고

문병란 교수님, 허형만 교수님, 조선의 교수님, 박덕은 교수님의 도움이 컸다고 작가의 말에서 고백하고 있다.

자, 그러면 지금부터 이강례 시조시인의 작품 세계로 여행을 떠나보자.

　섬진강 맑은 물에 은어들 헤엄치며
　사공의 뱃노래에 희미한 추억 들춰
　아련히 향수 속에서 헤어나질 못한다

　구름도 쉬어 가고 윤슬은 너울너울
　뙤약볕 모래톱에 온몸을 파묻고서
　꿈 자락 파란 하늘에 수채화를 그린다

　잘잘한 자갈밭에 솥단지 걸어 놓고
　칼칼한 수제비에 땀방울 씻어내며
　동심은 다슬기 잡고 모래성을 쌓았지

　흐르는 세월 자락 흰머리 고개 너머
　그리움 도란도란 어스름 달빛 따라
　아직도 흐르는 감성 가슴속에 새긴다.

- [섬진강 처녀] 전문

이 시조에서의 시적 화자는 섬진강 추억을 떠올리고 있

다. 섬진강에서 헤엄치는 은어들, 사공의 뱃노래, 쉬어 가는 구름, 너울대는 윤슬, 뙤약볕 모래톱에 파묻은 몸뚱이, 자갈밭 솥단지, 칼칼한 수제비, 다슬기 잡기, 모래성 쌓기 등등이 향수와 함께 그리움을 몰고 오고 있다. 흰머리 고개 너머로 달빛 따라 흐르는 감성은 아직도 그대로 남아 있다. 이미지 구현으로 생동감 있게 향수의 한복판으로 안내하고 있는 시, 깔끔한 수채화를 보는 듯하여 싱그럽다.

　　초례청 앞마당에 불 밝힌 청사초롱
　　울 언니 혼례식 날 축하객 모여드네
　　휘황한 족두리 보석 떨고 있는 새 신부

　　기러기 안고 오는 늠름한 신랑 모습
　　수줍게 고개 숙인 연지분 고운 얼굴
　　연하늘 색동 활옷에 빛이 나던 새 신부

　　언약의 신부 술잔 합환주 꿀꺽하고
　　맞절한 신부 신랑 부부의 연을 맺어
　　첫날밤 불난 발바닥 가시버시 꽃잠 드네.

　　　　　　　　　　　　　　　　- [전통 혼례식] 전문

　　호남 시조 문학상 수상작인 이 시조에서의 시적 화자는 언니의 혼례식 정경을 그려내고 있다.

초례청 앞마당의 청사초롱, 모여든 축하객, 연지분 바르
고 족두리 쓴 수줍은 신부, 기러기 안은 늠름한 신랑, 언약
의 합환주, 맞절하는 모습, 첫날밤 불난 발바닥까지 생생한
이미지로 그려내고 있다. 시조 속에 꽃피는 시적 형상화가
참 곱다.

　　마을의 전통으로 삼아온 이별가에
　　만 가지 들춰보며 애달파 울음 쏟고
　　살아온 누더기 길들 감싸주며 보냈지

　　오늘이 마지막 길 이승의 이별이라
　　못 박아 산다 한들 부러진 삶의 무게
　　눈감고 못 본 척해도 손 내밀며 갔었지

　　수십 개 펄럭이는 그 마음 남겨두고
　　온 동네 머물던 곳 그 이름 새겨놓고
　　힘겹게 살아온 일기 하늘하늘 뿌린다

　　가시는 아버지 길 앞장서 가고파라
　　딸내미 통곡으로 잠드신 당신 얼굴
　　막내를 잊지 말아라 당부하고 가셨지.

- [만사輓詞] 전문

이강례 시인의 첫 시조집 출간을 축하하며 ▮▮

이 시조에서의 시적 화자는 고인과의 이별가에 눈길을 보내고 있다.

애달파 울음 쏟고 누더기 길 감싸 주며 보내는 모습, 마지막 이승과의 이별, 부러진 삶의 무게, 못 본 척 떠나는 안타까운 모습, 수십 개 펄럭이는 마음 남겨두고, 생의 일기 하늘하늘 뿌리며 가는 아버지 길, 통곡으로 보내는 딸내미, 한 폭의 이미지로 이별의 슬픔과 아픔을 시적 형상화해 놓고 있다. 인생의 다채로운 모습을 이미지로 담아내는 시조의 그릇이 한층 멋져 보인다.

산수유 곱게 피던 따스한 봄나들이
울 엄니 손목 잡고 따라간 시골 외가
널찍한 마루에 앉아 반겨주던 할머니

내 나이 팔순 길에 떠오른 그때 모습
어쩌면 닮았을까 서리꽃 하얀 머리
그리움 쌓이고 쌓여 눈시울이 젖는다

외손녀 다녀갈 때 느꼈던 그 감정을
이제야 알아보고 사랑을 되새기며
늙어 간 마음 한 켠에 닮아가는 한 핏줄.

- [엄마의 강] 전문

이 시조에서의 시적 화자는 엄마 손목 잡고 봄나들이 갔던 어린 시절을 떠올린다.

산수유 피어 있던 봄, 시골 외가 널찍한 마루에 앉아 반겨주던 서리꽃 하얀 머리의 외할머니, 그때 모습, 그리움이 눈시울 적시게 한다. 그때 그 감정, 그 기분, 그 느낌이 늙어가는 시적 화자의 가슴에 사랑을 되새기게 한다. 닮아가는 한 핏줄임을 느끼며, 독자들도 깊은 회한에 빠져든다.

동심이 뛰어놀던 광활한 푸른 들녘
언덕 위 초원에서 송아지 풀을 뜯다
석양에 어미소 뒤를 졸랑졸랑 따른다

희미한 추억 자락 논두럭 밭두럭들
섬진강 젖줄 따라 쭉 뻗은 또랑물은
논바닥 출렁거리며 달빛 따라 흐른다

해거름 밥 내음은 고샅에 놀던 아이
아쉬움 접어 두고 엄마 따라나서고
그 사랑 잊을 수 없어 사무치는 그리움.

- [향수] 전문

이 시조에서의 시적 화자는 섬진강 추억을 되살리고 있다. 동심이 뛰어놀던 들녘, 초원에서 풀 뜯던 송아지, 석양에

돌아오는 어미 소, 논두렁, 밭두렁, 논바닥의 추억, 달빛 따라 흐르는 또랑물, 해거름 때의 밥 내음, 고샅에 놀던 아이들, 아쉬움 접어 두고 엄마 따라 집으로 돌아가던 때의 정경, 세월이 오래 지났어도, 좀처럼 잊혀지지 않는 그리움, 사무치게 그리워하고 있다. 시적 화자의 그리움 속으로 독자들도 소르르 빠져들게 하는 시심의 그릇이 정겹다.

비 온 뒤 산자락엔 푸름을 자랑하고
이파리 방울방울 하늘물 머금고서
저리도 해맑은 미소 가는 걸음 멈추네

굴곡진 골짝마다 억겁의 세월 품고
스치는 생각 하나 나이테 끌어안고
소슬한 바람결에도 남실남실 웃는다

백년도 힘든 세상 천년을 살 것처럼
조락의 깊은 사념 피안에 이르더니
바람에 스쳐가는가 서걱이는 그리움.

- [재석산 일기] 전문

이 시조에서의 시적 화자는 재석산 일기를 써 내려가고 있다.
비 온 뒤의 푸르른 산자락, 하늘물 머금은 이파리, 억겁의 세월 품은 굴곡진 골짜기, 소슬한 바람결에 남실남실 웃는 생각, 바람에 스쳐가는 상념, 이 모든 게 서걱이는 그리움이 되고 있다. 재석산을 그리면서, 인생의 허무함과 아름다움을 동시에 그려내고 있다. 또, 시조 안에 피안의 세계를 구축해 놓고, 독자들의 성숙한 삶을 위한 디딤돌을 배치해 놓고 있다.

　　사방은 적막강산 달빛만 유랑한데
　　어이해 잠 못 들고 한밤을 지새는가
　　태우고 태우려 해도 태워지지 않는다

　　흐르는 눈물 자국 바다가 되려는가
　　허허론 가슴속에 또아리 틀고 앉아
　　밤새워 애타는 마음 사라지지 않는다

　　메마른 마음 자락 영혼에 새긴 사랑
　　어이해 풀지 못해 애간장 태우는가
　　찬란한 새벽 계명성 고즈넉이 잠든다.

- [열정] 전문

　　이 시조에서의 시적 화자는 열정의 세계를 이미지로 파헤치고 있다.
　　사방은 적막강산, 달빛은 유랑하고, 가슴속은 허허롭다.

이강례 시인의 첫 시조집 출간을 축하하며 ▮▮

한밤중인데도 잠 못 들고 있는 시적 화자, 흐르는 눈물이 그치지 않는다. 밤새워 애타는 마음 안고, 영혼에 새긴 사랑으로 애간장 태우고 있다. 그 찬란한 계명성마저 고즈넉이 잠들었는데도, 시적 화자의 마음 자락은 더욱 메말라 가고 있다.

마치 황진이의 시 속에 등장하는 여인의 애끓는 마음이 읽혀지는 듯하다. 그만큼 이미지 구현이 자연스레 시적 품위를 높여 놓고 있다.

앞뜰의 붉은 동백 혈서로 시를 쓰고
허공 속 고즈넉한 여운의 끝자락에
메마른 입술 적셔 준 허기 채운 가슴속

저 멀리 떠나버린 속마음 들려주오
환희에 반짝이는 눈동자 잊지 못해
속으로 찔레순처럼 달콤하게 삼킨다

허기진 욕망일랑 안으로 잠재우고
심안의 상흔 자락 화단에 꽃을 심듯
봄날을 기다리면서 서른 날을 달랜다.

- [기다림] 전문

이 시조에서의 시적 화자는 봄날을 기다리는 심경을 생생하게 그려놓고 있다.

앞뜰에는 동백꽃이 피어 혈서로 시를 쓰고 있다. 허공 속 여운의 끝자락, 허기 채운 가슴속, 멀리 떠나버린 속마음, 환희에 반짝이는 눈동자, 모두 잊지 못할 추억들이다. 허기진 욕망 잠재우고 심안의 상흔 자락 화단에 꽃을 심듯 봄날을 기다리며 서러운 날들을 달래 가는 시적 화자의 마음이 실감나게 읽혀진다.

감각적 이미지로 그림 그리듯 시를 쓰고 있는 표현들이 감동을 자아내게 하고 있다.

마당을 가로질러 이어진 빨랫줄이
튼실한 바지랑대 꼿꼿이 받쳐 주니
온 가족 마음과 마음 이어 주는 끄나풀

축 처진 옷가지들 따스한 봄 햇살에
아버지 근엄함도 바람에 살랑살랑
새하얀 도포자락이 펄럭펄럭 춤춘다

따스한 봄 햇살에 새소리 조잘조잘
낭창한 빨랫줄에 웃음이 찰랑찰랑
강남 간 제비 찾아와 지지배배 노닌다

어머니 무명치마 고단함 고슬고슬

인자한 그 미소에 고우신 낭자머리
이어진 혈흔의 긴 끈 부대끼며 살리라.

- [줄 타는 곡예사] 전문

이 시조에서의 시적 화자는 빨랫줄 정경을 이미지 구현을 통해 선명히 그려놓고 있다.

마당을 가로지르는 빨랫줄, 튼실한 바지랑대, 축 처진 옷가지들, 아버지의 근엄함도 바람에 살랑거리고, 도포자락도 펄럭거린다. 봄 햇살, 새소리, 웃음소리 함께 노닌다. 어머니 무명치마도, 인자한 미소도, 고운 낭자머리도, 마음과 마음 이어 주는 빨랫줄에서, 마치 혈흔의 긴 끈 부대끼며 살아가는 듯하다.

시의 이미지와 삶의 의미를 연결시켜 감동을 안겨 주는 솜씨가 아주 세련되어 있다.

장맛비 쏟아지니 밭두렁 아카시아
꽃 지고 바람 일어 밀려든 슬픔인 양
옛 추억 베고 누웠던 밭고랑에 눕힌다

벌 나비 찾아들던 향기 다 어디 가고
가지째 잘려나간 외로운 몸뚱어리
버팀목 자리 해주던 옹이만이 남았다

하늘을 벗삼아서 나누는 하소연에
별빛도 같이 울고 다독인 그 손길에
한 생의 소실점 향해 다가서는 그리움.

- [독백] 전문

　이 시조에서의 시적 화자는 그리움의 세계를 수채화처럼
그려놓고 있다.
　장맛비 뒤에 아카시아꽃들이 밭두렁에 지고 있다. 거기서
추억 베고 누운 슬픔을 만난다. 벌 나비 찾아들던 향기 다 사
라져 버리고, 가지째 잘려나간 자리에 버팀목 옹이만 남아
있다. 하늘 벗삼아 나누는 하소연에 별빛도 울고 그리움도
울고 시적 화자도 울고 독자도 따라 울고 있다.
　왜 이리도 가버린 추억은 우리 모두를 울리는 걸까, 사색
의 공간 속으로 깊숙이 빨려들게 하고 있다.

여명의 아침 이슬 살포시 머금고서
길다란 목을 빼고 사연을 전하는가
그리움 통으로 새겨 한 허리를 보듬네

행여나 오시려나 뙤약볕 친친 감아
담장을 휘어잡고 속마음 풀어놓아
애간장 타 버린 가슴 전할 길이 없구나

가녀린 마음 자락 달빛이 부서질 때
주홍빛 꽃잎마다 부르는 사랑 노래
가야금 타는 열두 줄 피멍울로 전하네.

- [능소화] 전문

이 시조에서의 시적 화자는 능소화를 마치 한 여인의 삶
처럼 그려내고 있다.
　여명의 아침부터 목을 빼고 사연 전하는 듯, 그리움을 통
으로 새겨 한 허리 보듬고 있는 듯, 뙤약볕 친친 감아 담장
을 휘어잡고 누구를 기다리는가. 행여나 오시려나, 그때 속
마음 풀어놓고 싶어, 애간장 태우고 있는 모습, 그 심정 전할
길 없어 부르는 사랑 노래, 그 위로 달빛이 찬란히 부서지고
있다. 가야금 타는 여인의 열두 줄 피멍울인가, 능소화인가,
구별이 안 될 만큼 시적 형상화 속에 모두가 하나되고 있다.
　그 속에 피어난 시의 맛이 감미롭다.

기러기 날아가고 부엉이 우는 밤에
구슬픈 운율 가락 누굴 위해 퉁기는가
고운 님 떠나 버린 밤 타는 가슴 어쩌나

어이해 가는 임을 붙잡고 애가 탄가
비련한 여인이면 마음도 못 이룰까
가야금 타는 열두 줄 울음 속에 묻어 둔다

한밤의 상흔 자락 달빛을 끌어안고
서화담 오시는 밤 어이해 잠 못 드는가
예술인 송도삼절의 몸을 던져 헤아린 길

화무는 십일홍이 달빛에 시드는가
망울진 고운 꽃도 열흘을 못 넘기니
아서라 천하일색도 서글픔을 껴안는다.

- [황진이] 전문

전국 시조 백일장 최우수상 수상작인 이 시조에서의 시적 화자는 황진이가 되어 내면의 속삭임을 시적 형상화하고 있다.

기러기 날아가고 부엉이 우는 밤, 퉁기는 운율 가락, 떠나버린 님 그리워 가슴이 타고 있다. 가야금 타는 여인의 울음소리 들리는 듯, 상흔 자락이 달빛을 끌어안고 잠 못 들고 있다. 고운 꽃도 열흘을 못 넘기고 시드는데, 천하일색일지라도 어찌하랴, 서글픔 껴안고 마음 아파하고 있다. 떠난 임을 그리워하는 황진이의 내면이 서글프지만 아름답게 그려져 있다.

미적 가치의 그릇 안에는 이렇듯 슬픔도 곱게 사랑스럽고도 찬란히 그려져 독자의 심금을 울리고 있다.

한낮의 뙤약볕에 너울진 푸른 잎이

바람에 살랑이며 서로를 다독이고
홍조 띤 얼굴 내밀고 활짝 웃는 저 미소

깊은 밤 속앓이를 저 달은 알아 줄까
이내 몸 타는 열정 모른 채 있더니만
서산의 붉은 낙조에 알차게도 여문다

청초한 햇살 아래 홍안을 가리더니
가슴속 깊은 사연 알알이 숨기고서
농익은 가을 하늘에 열어젖힌 저 몸짓.

- [석류] 전문

이 시에서의 시적 화자는 석류를 의인화시켜 놓고 있다.
뙤약볕에 푸른 잎은 바람에 살랑이고, 홍조 띤 석류는 활
짝 웃고 있다. 깊은 밤 속앓이, 몸 타는 열정, 낙조에 알차
게 여물어 간다. 가슴속 깊은 사연 알알이 숨기고 있다가,
농익은 가을 하늘에 활짝 열어젖힌 몸짓, 그 모습이 아름답
다. 석류를 섬세히 관찰하여, 시적 형상화해 놓고 있는 솜
씨가 멋지다.
이 땅에 시심이 왜 필요한지 느껴지게 하는 시조라서 더
욱 좋다.

질척한 땅에서도 힘겹게 뿌리내려

얽혀진 마음까지 갈바람 벗삼아서
가녀림 부둥켜안고 하얀 미소 담는다

가을이 살랑살랑 수줍음 뒤로한 채
서로가 몸 비비며 귓속말 사삭 사삭
저 너머 은빛의 물결 곧은 절개 펼친다

아서라 가는 세월 뉘라서 막을 건가
비바람 몰아치고 천둥이 울어대도
자연에 순응하면서 풀잎처럼 살았다

노을의 붉은 사랑 힘겨움 괴롭혀도
석양길 걸었었던 함께한 긴 시간들
꽃 피움 하얀 머릿결 그리움을 새긴다.

- [억새] 전문

　　이 시조에서의 시적 화자는 질척한 땅에서 자라나 하얀
미소 머금고 있는 억새를 이미지로 그려내고 있다.
　　갈바람 벗삼고, 가녀림 부둥켜안고, 수줍음 뒤로한 채 은
빛 물결로 곧은 절개 펼치며 살아온 억새, 비바람, 천둥 속
에서도 잘 견뎌내고, 붉은 사랑이 괴롭혀도 하얀 머릿결로
그리움 새기면서 성숙한 모습을 간직한 억새, 그 자랑스러
운 모습을 선명히 그려내고 있다. 그림처럼 그려내는 이미

이강례 시인의 첫 시조집 출간을 축하하며 ▎▎

지 구현이 아주 자연스럽다.

한 세상 살다 보면 가슴에 쓰린 상처
할 말이 태산 같아 다 풀지 못하고서
어이해 떠나지 못해 속앓이만 하는가

하고픈 말 한마디 툭 던져 뱉고 나면
그 순간 통쾌하고 꿀잠을 잔다지만
마음이 여리고 순해 말 한마디 못한다

한 맺힌 상처들을 가슴에 품고 살며
빼내지 못하고서 한으로 남겨 놓아
서산에 걸친 저 해는 이 마음을 알거나.

- [못] 전문

제32회 노산 시조 백일장 수상작인 이 시조에서의 시적
화자는 못을 시적 형상화해 놓고 있다.
가슴에 쓰린 상처, 할 말 등을 다 풀지 못한 채 속앓이만
하고 있는 못, 한 맺힌 상처들을 가슴에 품고 살면서, 빼내
지 못한 채 한으로 남겨 놓고 살아야 하는 신세, 그 처지, 그
마음, 그 아픔, 그 고통을 그 누가 알겠는가. 못을 통해 자신
의 한스런 생애를 질타하고 있는 듯하다.

■■ 섬진강 처녀

잡은 손 놓지 못해 한 서린 세월 자락
빈자리 바라보며 남몰래 눈물짓고
속울음 가슴 후비던 마음속에 박힌 못

떠난 지 이십오 년 성묫길 갈 때마다
산새를 휘돌면서 서러움 마디마디
주암댐 푸른 물결에 추억 자락 어린다

한식날 좋은 시에 납골당 모시는 날
한 줌의 재가 되어 눈앞에 오는 당신
언젠가 가야만 하는 내 모습이 아닌가

비 오면 비에 젖고 눈 오면 눈에 쌓여
고향이 좋은가요 여기가 좋은가요
찾아온 자식들에게 눈길 한 번 안 주네.

- [당신에게] 전문

    이 시조에서의 시적 화자는 당신을 납골당에 모시는 날의
심경을 그려놓고 있다.
    남몰래 눈물짓고 속울음 후비던 세월, 성묫길 갈 때마다
서러움이 북받친다. 납골당에 모시던 날, 한 줌의 재가 된
당신 앞에서 언젠가 떠나야 할 자신의 모습을 떠올린다. 찾
아온 자식들에게 눈길 한 번 안 주는 당신 앞에서 오열하고

있는 시적 화자, 그 마음이 읽혀져 숙연해진다.

이렇듯, 시조는 우리 일상 속으로 깊숙이 파고 들어가, 섬세한 감성의 세계를 휘젓고 다닌다. 그러면서, 미처 못 본 세계, 미처 깨닫지 못한 세계, 미처 느끼지 못한 세계를 이미지로 그려내 눈앞에 선보이고 있다. 그 순간, 우리는 마음을 열고 성장의 싹을 만난다.

주제가 노출되지 않고, 이미지 구현을 통해, 낯설게 하기를 통해, 사물을 새롭게 바라보고 해석하는 통로를 열어 놓아, 다채로운 사고, 다양한 사색을 하도록 해주고 있다. 이런 역할을 충실히 해내고 있는 이강례 시인의 시조들이 빛을 발하고 있다.

시조의 기본 율격을 잘 지키면서도, 시적 형상화에 최선을 다하고 있는 자세가 본받을 만하다. 자연스런 리듬 위에 이미지를 실어 놓을 때, 독자들은 훨씬 부드럽게 마음의 문을 열고, 시심의 향기에 소롯이 다가갈 수 있다. 이강례 시인의 시조들이 시적 형상화의 튼실한 그릇 위에 미묘한 감성들을 담아내고 있어서, 앞으로 독자들의 지속적인 사랑을 받을 것 같다.

앞으로 제3, 제4 작품집을 내면서, 여생을 아름답고 알차게 꾸려 나가길 기원한다. 무엇보다도 시나 시조를 창작하며 살아가는 창조적인 삶이 그렇지 않은 삶보다 더 우아하고 가치 있는 여정이 아닐까 생각한다. 부디, 건강하여 오래도록 장수하면서, 시심 가득한 일상을 꾸려 갔으면 좋겠

다. 다시 한 번 더 시조시집 [섬진강 처녀] 발간을 향긋이 축
하한다.

─ 봄햇살이 깔린 뜨락을 바라 보면서

한실문예창작 지도 교수 박덕은 작가

(문학박사, 전 전남대학교 교수, 문학평론가, 시인, 소설가, 동화작가, 사진작가, 화가)

이강례 시인의 첫 시조집 출간을 축하하며 ▐▌

작가의 말

　시조 등단 당선 통보를 받고 가슴이 뛰었다.

　자유시와 다르게 운율에 맞추어야 하기에 어려웠지만, 시조를 운율에 맞춰 쓰면서 스스로 벅찬 감동을 느꼈다.

　나이 들면서 욕심을 비우며 살려고 노력하지만 시조를 쓰는 일에는 욕심을 비울 수가 없었다. 고려 말 유학자 '길재(호는 야은)'는 망국의 한을 품은 '청구동가'란 시조를 썼다.

　오백년 도읍지를 필마로 돌아드니
　산천은 의구한데 인걸은 간 데 없네
　어즈버 태평연월이 꿈이런가 하노라

　이 시조를 읽으며 잔잔하게 출렁이는 고향 섬진강의 윤슬 같은 운율에 심취하여, 더욱 시조에 애착이 갔다.

　어렸을 적 어머니는 밤마다 막내인 나를 무릎에 뉘어 놓고 심청전, 춘향전, 구운몽을 읽어주셨다. 어머니의 감성과 아버지의 영향을 조금은 받은 것 같다. 부모님 그리고 언니 오빠들은 커서 꼭 글을 써라 하고 신신당부를 해 주었다. 그 고마움을 새삼 느끼며 보다 좋은 시조를 쓰려고 노력했다.

성리학자인 아버지는 20년간 마을을 위하여 진흥회장을 역임하시면서 토지가 많은 아버지는 낙후된 마을을 모범 마을이 되기까지 배고픈 시절 사비를 털어 가난한 사람을 도왔다. 그분들은 일손을 돕고 서로 상부상조하면서 75세의 생을 마쳤다. 그 후덕을 기리기 위해 아버지가 돌아가신 후 마을 사람들은 동네 입구에 불망비를 세워주었다. 첫 시집을 들고 고향에 갔을 때 말 없는 아버지의 석문 앞에서 하염없이 흐르는 눈물을 주체할 수가 없었다.

지금도 어렸을 적 추억을 못 잊어 뒷산 언덕 밑에 척박한 열댓 평 묵정밭을 가꾸며 향수에 젖어 풀을 매며 시심을 캐내기도 한다.

푸른 길 벤치에서 하루종일 수다떨다 해가 저문 하루를 보내는 친구들을 뒤로한 채, 내 등짝엔 책가방이 필통엔 연필 자루가 딸랑딸랑 들어 있었다. 문학에 쏟은 나의 결실이었다.

5.18교육관에서 밤 9시가 넘도록 공부하다 돌아오는 어스름 밤길에는 황일봉 구(舊) 남구청장님이 집까지 안전하게 데려다 주셨다. 그분께 많이 감사드린다. 최초의 시문학 공부를 하게 이끌어 준, 마중물 같은 지산동을 잊을 수가 없게

한 고(故) 문병란 교수님께도 고마움을 바칩니다. 더불어 허형만 교수님과 조선의 교수님, 그리고 박덕은 교수님이 많은 가르침을 주셨다.

스승님들은 한결같이 시는 보고 느낀 그대로 집에 와서 차분히 앉아 엉덩이로 솔직하게 쓰라고 말씀해 주셨다. 거기에다 느낌, 성찰, 관조로 기둥을 세우고 살을 채우라고 했다. 더더욱 시는 낯설게 하기와 이미지 구현이 중요하다고도 했다.

필생의 꿈이었던 시조를 쓰며 희수 넘어 팔순에 들어서는 흰머리 소녀가 되어 감동스런 저자의 말을 쓰고 있다.

시조집을 발간하게 되면서 세밀한 검토와 평설까지 써주시고 도와주신 한실문예창작 지도 교수 박덕은 박사님께 새삼 감사의 말을 전한다. 광주 전남에서 최초로 창립한 전통 깊은 [현대문예] 정소파 시인의 뒤를 이어온 황하택 이사장님께도 감사드린다. 한실문예창작 문우님들께도 감사의 인사 드린다. 또한 함께 공부한 서은 문학회 문우님들과 이명란 교수님과 문우님들께도 감사의 말을 전한다. 또한 문학예술 등단 동기생 손형섭, 광주 전남 지회장님과 회원님들, 문학예술 이일기 발행인님께도 감사를 드린다. 그리고 시집을 발간해주신 서영 출판사 서동영 사장님께도 감사드린다.

아무도 없는 텅 빈 집이지만 멀리서 묵묵히 지켜봐 준 소중하고 사랑스런 내 아들, 하나뿐인 기둥인 며느리, 듬직한 나의 큰딸, 믿음을 주는 작은딸, 그리고 대를 이을 귀여운 손주들과 외손주들에게도 고맙다는 말을 전한다.

 곱게 눈을 감을 때까지 시조를 읊고 싶은 흰머리 소녀가
되도록 노력하겠습니다. 감사합니다.

봄 햇살 마중나온 창가에서

− 시 인 이강례

시인 이강례

박덕은

반딧불이 나는
한적한 강언덕에
파란 시절이 자라났다

따스한 눈길과
보자기 같은 다정함이
골목길까지 함께했다

향긋한 꽃길은
소녀 때도 처녀 때도
다가와 나란히 거닐었다

마음은 늘 초원이었고
무지개 뜨는
아기자기한 오솔길이었다

족두리 쓴 달밤엔
하염없는 감동의 물결이
툇마루까지 와서 찰랑댔다

성장의 터널 벗어나
홀로 된 가슴밭에선
시심이 뿌리내려 싹 텄다

보슬비까지 내린
산자락 텃밭에
웃음 단풍도 찾아와 주었다

어느 날
품에 안긴 님의 향기
리듬 날개까지 돋아났고

들녘을 내려보는
이미지의 시선까지
흐드러지게 꽃을 피웠다.

祝詩 - 박덕은

차 례

1장 — 내 사랑

2장 — 향수

3장 ── 기다림

4장 — 석양빛 연정

5장 — 회상

제1장
내 사랑

시조집을 내면서

장롱에 간직해 온 푸른 꿈 송글 송글
아련한 추억 자락 평생의 희로애락
마음속 풀어헤치며 옛 이야기 듣는다

풀잎에 새긴 사랑 이파리 꽃미소에
회상 속 잠든 언어 창밖에 꺼내놓고
살아온 여정 속에서 아픈 기억 달랜다

쓸쓸한 적막 속에 은달빛 찰랑 찰랑
그리움 몽글몽글 창가에 내려앉아
베갯잇 적셔 가면서 하얀 밤을 지샌다

가슴에 잠든 시심 억새에 이는 바람
생사에 허덕였던 고해의 바다에서
얽힌 맘 빗질하면서 곱디곱게 새기리.

섬진강 처녀

섬진강 맑은 물에 은어들 헤엄치며
사공의 뱃노래에 희미한 추억 들춰
아련히 향수 속에서 헤어나질 못한다

구름도 쉬어 가고 윤슬은 너울너울
뙤약볕 모래톱에 온몸을 파묻고서
꿈 자락 파란 하늘에 수채화를 그린다

잘잘한 자갈밭에 솥단지 걸어 놓고
칼칼한 수제비에 땀방울을 씻어내며
동심은 다슬기 잡고 모래성을 쌓았지

흐르는 세월 자락 흰머리 고개 너머
그리움 도란도란 어스름 달빛 따라
아직도 흐르는 감성 가슴속에 새긴다.

당신에게

잡은 손 놓지 못해 한 서린 세월 자락
빈자리 바라보며 남몰래 눈물짓고
속울음 가슴 후비던 마음속에 박힌 못

떠난 지 이십오 년 성묫길 갈 때마다
산새를 휘돌면서 서러움 마디마디
주암댐 푸른 물결에 추억 자락 어린다

한식날 좋은 시에 납골당 모시는 날
한줌의 재가 되어 눈앞에 오는 당신
언젠가 가야만 하는 내 모습이 아닌가

비 오면 비에 젖고 눈 오면 눈에 쌓여
고향이 좋은가요 여기가 좋은가요
찾아온 자식들에게 눈길 한 번 안 주네.

*2019년 4월 6일 매장에서 화장하여 전남 담양 갑항 공원 납골당에 모시는 날.

아버지

살다가 잃은 것들 달빛은 처연한데
하이얀 무명지에 쪽물을 들이듯이
막내딸 다소곳하게 벼루에다 먹물 간다

소슬한 바람결에 강가의 억새처럼
빛바랜 침묵 속에 아쉬움 강물 되어
아직도 멈추지 않는 사무친 정 그립다

인자한 얼굴에는 망건과 갓을 쓰고
회색빛 가죽신에 학 같은 도포 자락
근엄한 선비 모습이 허공 속에 맴돈다

진흥회 회장으로 이십 년 쌓은 공적
받드는 경로 예우 주민들 흠모하여
동네 앞 정자나무에 세워 놓은 불망비.

어머니의 베틀 노래

봄날의 긴긴날에 앞마당 벳불 피워
겨우내 품앗이로 삼삼아 뜯어 내린
물레에 올린 실타래 울 어머니 환한 미소

마당에 감아올린 날실을 길게 늘여
벳불에 한 올 한 올 풀 먹여 솔질하고
막내딸 엄마 옆에서 주전부리 졸랐지

오빠의 새총 소리 또렷이 귀에 남아
포수의 예리한 눈 아직도 간직한 채
감기는 도투마리에 추억 자락 아린다

한밤의 베틀 연가 졸린 눈 껌벅이며
북 바디 부딪치는 잉아의 마찰 소리
시름을 장단 맞추는 찰칵찰칵 엄마 성城.

*2019년 [문학예술] 가을호 등단 작품.

아린 손가락

첫아이 초등학교 입학 때 설레던 맘
딸아이 넘어질까 엄마의 조바심에
한 달을 동행하였던 노심초사 딸 바보

비포장 진탕길을 때로는 등에 업고
오지고 행복했던 그 시절 언제던가
어느덧 외손녀 자라 대학생이 되었네

스물셋 그해 봄날 전남대 교정에서
학사모 꿈에 부푼 졸업장 어디 갔나
교육의 붉은 열정은 장롱 속에 잠자네

아빠의 뒤를 이어 교사가 되겠다며
사범대 교육학과 반듯이 나오더니
어이해 손 마를 날 없는 셰이프가 되었는가.

작은딸

그날의 밤거리가 유난히 밝았었지
모처럼 여행길에 이국의 낯선 풍경
발길이 닿는 데까지 가보자고 하누나

막내딸 사회생활 완만히 수행하며
엄마의 망중한에 심어준 사랑 한 점
더 늙어 회상하는 날 이보다도 좋을까

유난히 총명했던 막내딸 학창 시절
대학은 외국어대 대학원 미국으로
애비의 부고장 받고 통곡으로 지샜지

홀로서 객지 생활 한없이 안쓰러워
어미의 가슴에도 티 한 점 남는구나
모든 게 순리에 따라 돌고 도는 수레다

아침의 문안 인사 딸자식 효도하는
어미의 보람이자 살아갈 이유란다
백세가 되는 날까지 너의 곁에 있겠다.

아들아

늦둥이 귀한 자식 눈 안에 넣고 살며
행여나 걱정 속에 병치레 잦았던 애
포대기 둘둘 말아서 내달리던 그 시절

생각나 눈물 나고 걱정에 잠 못 이뤄
날 새면 들려올까 달 보며 노심초사
무난히 고비 넘기고 의젓하게 자랐다

고되단 군 생활에 얼굴이 홀쭉해져
바리바리 싸 가지고 강원도 인제까지
면회 간 그때 마음이 지금까지 그대로

의젓이 장가가고 흰머리 듬성듬성
이마엔 주름살들 엄마랑 비슷하다
함께한 세월 자락에 껄껄 웃음 짓는다.

훈김

밀물에 밀려왔다 썰물에 씻겨 가듯
아직도 남아 있는 방안의 사랑 내음
허무함 달래주는 듯 저며 오는 외로움

애잔함 파고들어 한밤을 지새우며
뜨락에 파닥이는 하찮은 존재마저
흔들어 깨우고 싶은 이 가슴속 어쩌나

마음은 서걱서걱 허공을 맴돌다가
창가에 서성이는 휘영청 저 은달빛
홀연히 이별하듯이 떠나가고 있구나.

울 오빠

튼실한 버팀목에 올곧은 신념으로
동네 앞 정자나무 포근한 보금자리
사랑꽃 아기자기해 송알송알 피었지

사군자 뜨락에다 학문을 세워 놓고
칠 남매 버거웠나 온종일 허리 휘어
자식들 살 곳 찾아서 이민길에 올랐지

삼 남매 고향에다 사 남매 미국에다
무엇을 갈망했나 그리움 남겨 놓고
당신은 애간장 녹아 하늘 별이 되었지

고모께 잘해 드려 남겨진 당부 말들
팔순의 피붙이에 정성을 쏟는구나
살가운 혈육의 정에 고마움이 넘친다.

만사輓詞*

마을의 전통으로 삼아온 이별가에
만 가지 들춰보며 애달파 울음 쏟고
살아온 누더기 길들 감싸주며 보냈지

오늘이 마지막 길 이승의 이별이라
못 박아 산다 한들 부러진 삶의 무게
눈감고 못 본 척해도 손 내밀며 갔었지

수십 개 펄럭이는 그 마음 남겨두고
온 동네 머물던 곳 그 이름 새겨 놓고
힘겹게 살아온 일기 하늘하늘 뿌린다

가시는 아버지 길 앞장서 가고파라
딸내미 통곡으로 잠드신 당신 얼굴
막내를 잊지 말아라 당부하고 가셨지.

*아버지는 동네 만사 다 쓰셨고 아버지 떠나실 때 만사는 누가 썼을까.

*만사輓詞: 죽은 사람을 애도하는 글을 지칭하는 용어. 만장(輓章). 상여가 떠날 때 만사(만장)를 앞세워 장지로 향한다는 뜻이며, 망인이 살았을 때의 공덕을 기려 좋은 곳으로 갈 것을 인도하게 한다는 뜻도 담겨 있다. 오언절구와 오언율시 또는 칠언절구와 칠언율시로 쓰는 것이 일반적이다.

울 언니

입 있다 말할 건가 울 언니 사는 세상
말 마소 가슴앓이 눈물이 마르잖아
속병 든 한숨 소리만 귓가에서 맴도네

연달아 딸을 낳던 맘고생 말도 마소
외아들 얻고 나니 찾아온 잠시 행복
뼛골이 닳아 없어진 한평생이 가엾네

장손에 시집살이 시동생 수발까지
공무원 타관살이 눈물에 젖어 살던
울 언니 애간장 녹아 하늘별이 되었네.

못다 한 사랑

복사꽃 곱게 피던 어느 봄 나들이길
어머니 손목 잡고 찾아간 오빠 하숙
조선대 첫 회 졸업생 학교 설립 공로자

오빠는 불철주야 후원자 찾아다녀
찬조금 모금하며 손잡고 찾아간 곳
산 밑에 하얀 빌딩에 자부심이 솟았지

대가족 건사하랴 쉼 없는 안팎 가사
곡간을 지킨 열쇠 며느리 손에 주고
이제는 세상만사나 구경하고 살란다

단아한 낭자머리 수줍은 설렘 미소
그해의 나들이가 마지막 될 줄이야
울 엄마 꽃상여 타고 허이 허이 가셨지

밤마다 사랑 찾아 달빛에 흘린 눈물
개구리 울음소리 논두럭 헤매었던
엄마는 아이에게만 소중한 게 아니여.

엄마의 강

산수유 곱게 피던 따스한 봄나들이
울 엄니 손목 잡고 따라간 시골 외가
널찍한 마루에 앉아 반겨주던 할머니

내 나이 팔순 길에 떠오른 그때 모습
어쩌면 닮았을까 서리꽃 하얀 머리
그리움 쌓이고 쌓여 눈시울이 젖는다

외손녀 다녀갈 때 느꼈던 그 감정을
이제야 알아보고 사랑을 되새기며
늙어간 마음 한 켠에 닮아가는 한 핏줄.

거울 앞에서

내 앞에 앉아 있어 비춰진 아침저녁
봄 향기 여심인가 웃음 띤 슬픈 미소
촘촘히 쌓여진 흔적 세월 자락 닮았네

어쩌랴 붉은 노을 내 인생 익어 감을
추억의 흑백 사진 스무 살 앳된 얼굴
시집간 언니와 함께 남기고 간 흔적들

총알이 쏟아지는 전쟁터 종군 기자
립스틱 바르면서 내 얼굴 흉하잖소
소설 속 여주인공이 죽기 전에 남긴 말

아직도 여자인가 가슴속 슬픈 미소
파뿌리 책가방에 살아온 흔적들이
숨 쉬는 추억마디에 문장으로 남는다.

손끝에 담긴 정

두레상 앞에 놓고 온 가족 둘러앉아
저마다 반달 모양 갖가지 솜씨 자랑
밤새워 빚은 송편에 형형색색 모양새

그때가 언제일까 자식들 둥지 떠나
투명한 유리알에 그리움 얼룩지고
바다가 깊고 너른 들 어미 사랑 비할까

허무와 진실 속에 두고 간 시린 고독
그래도 복이련가 아들 딸 깊은 사랑
행여나 마음 상할까 노심초사 효심들

천리 길 아들 편에 보내온 추석 음식
전 잡채 양념 갈비 상차림 정성 가득
뜻 깊이 며느리에게 주고 싶다 효부상.

조카들

젖어든 외로움아 여기가 어디인가
목메여 그리웠던 울 언니 살던 동네
한밤중 감성 여밀 때 추억 한 점 찾는다

기우는 해거름에 불현듯 보고팠나
가녀린 치마폭에 안겨 온 내 사랑아
하이얀 옥양목 천에 혈흔 한 점 남긴다

울 언니 시집가서 대 이을 아들 낳고
시부모 영정 앞에 부복해 대성통곡
현대판 시집살이가 하늘별이 되었나.

축시

초례청 앞마당에 하얀 눈 소복하다
옛부터 풍년 상징 희망찬 하늘 축복
오늘은 병원장 조카 귀한 아들 결혼식

첫사랑 첫 순정을 향긋이 보듬고서
봉오리 꽃 미소로 수줍게 단장하고
새하얀 드레스 자락 사랑의 빛 찬란하다

둘이서 하나 되어 맹세한 사랑의 길
영원의 혼인 서약 한평생 새기면서
찬란한 행복 하모니 웨딩마치 첫 출발.

♥이정석!!! 사랑하는 내 손주의 결혼을 축하한다!
굽이굽이 인생길 부디 행복하게 잘 살길 바라며 [축시] 한 편 보낸다!

2021년 1월 9일 - 고모할머니가.

종합검진

예약 날 아침 일찍 서둘러 길 나선다
초여름 서풍 바람 연둣빛 싱그러움
햇귀를 물고 깨어난 아름다운 산야들

논바닥 출렁출렁 줄 맞춘 파란 모들
어느새 녹색 물결 고향 들 일렁인다
의사와 환자의 눈길 피붙이의 교감들

먹먹한 염려 속에 갑상선 초음파 등
올해도 작년처럼 나올까 정상으로
맘 편히 걱정 않도록 큰일 없이 나오길

조카와 점심시간 모처럼 따스함에
해마다 한 번씩은 의사와 환자 사이
정이란 무엇이기에 에돌아서 오는가.

자화상

어둠 속 첫새벽에 울 엄마 몸을 빌어
태어난 늦둥이가 딸이길 원했었던
아버지 환한 미소에 반짝이는 새벽 별

섬진강 윤슬 따라 물안개 펼쳐지고
부모님 떠나신 후 그 슬픔 말을 잃어
구 남매 막내딸에게 남기고 간 그리움

햇볕이 자글자글 썰물에 씻겨 가듯
남기지 않은 흔적 모래성 수북수북
쌓았다 허물었다가 출렁이는 가슴아

선택한 인생길에 걸림돌 하나 없이
꽃길만 있겠는가 굴곡진 가시밭길
때로는 아침 햇살에 하루 일정 세운다

세월의 낭비 없이 남은 생 소중하게
탱글한 밤톨처럼 채우고 때론 비워
오늘도 묵언수행에 새겨놓은 이 마음.

친정집

손자녀 앞세우고 고향집 찾았더니
옛 모습 간 데 없고 낯설은 새 건물들
구순의 올케언니가 시누이를 반기네

안채는 어디든가 흔적이 가물가물
뒤채는 홀로 계신 새엄마 거취 한 곳
행랑채 대청마루에 막내 재롱 즐겼지

우물가 간식거리 맛 좋은 앵두나무
빈자리 허전함에 그리움 보듬고서
옛 주인 모르겠느냐 속삭이며 눈물짓네.

울 엄마 손부채

앞마당 너른 평상 모깃불 피워 놓고
언니랑 별 헤이며 옥수수 쪄서 먹던
그날 밤 엄마 손부채 무릎 베고 잠들었지

모기에 물릴세라 사방을 부쳐 줬지
철없던 막내딸은 그 사랑 못 잊어서
아직도 그날의 행복 엄마 무릎 그리워

총총한 북두칠성 별똥별 흐르던 밤
개구리 울음소리 풀벌레 노랫소리
그리운 여름밤 정경 잔잔하게 흐른다

청춘의 한 시절을 무심코 지내더니
가슴에 잠든 추억 해초로 출렁출렁
그리움 빗질하는가 소리 없는 보고픔아.

손주들에게

발걸음 어둑해도 등짝엔 책가방이
등 떠민 하루 일과 문학에 살아가며
필통엔 연필 자루가 춤을 추며 노닌다

벤치에 눌러앉아 수다를 떠는 모습
지나쳐 가는 마음 보람이 두 배 되어
배움에 행복한 마음 하루해가 저문다

손주들 노력하여 멋지게 자라나서
솔직한 비유법에 적응해 나간다면
웃음꽃 머금고 살게 너의 앞날 기도한다

늙은이 바람 하나 간절히 소원하며
건강한 마음으로 가정을 돌보면서
할미의 유언을 남겨 끝맺음을 하련다.

제2장
향수

흰머리 소녀

봄 햇살 함초롬히 밭두렁 산책하네
바구니 옆에 끼고 발걸음 살랑살랑
살며시 고개 내미는 애기쑥이 반기네

다람쥐 반기면서 두 발로 깡쭝깡쭝
늙은이 앞장서서 길안내 나서는가
바람이 볼에 스치니 봄 향기가 고소해

시원한 물 한 모금 적셔진 가슴결에
타오른 마음 향기 수줍어 눈을 감네
내일의 기약 한마디 늦지 않고 오리라.

향수

동심이 뛰어놀던 광활한 푸른 들녘
언덕 위 초원에서 송아지 풀을 뜯다
석양에 어미소 뒤를 졸랑졸랑 따른다

희미한 추억 자락 논두럭 밭두럭들
섬진강 젖줄 따라 쭉 뻗은 또랑물은
논바닥 출렁거리며 달빛 따라 흐른다

해거름 밥 내음에 고샅에 놀던 아이
아쉬움 접어 두고 엄마 따라 쫄랑쫄랑
그 사랑 잊을 수 없어 사무치는 그리움.

주인공

도마에 각종 재료 송송송 썰어 놓고
양푼에 하나 가득 채워진 냉채 국물
식초에 담겨져야 할 오이채도 춤춘다

깨소금 듬뿍 뿌려 소금에 간을 맞춰
가득찬 냉국물에 사과도 썰어 넣고
이제는 완벽한 준비 입맛까지 통과다

아뿔싸 중요한 것 주인공 부재로다
공든 탑 무너지랴 뒤늦은 깨달음에
여름의 우뭇가사리 냉채국이 보배다.

섬진강 처녀

익어간다

희수도 지났건만 아직도 설레이며
달리는 시의 세계 그리는 아름다움
주름살 하나까지도 새겨가며 지낸다

세월은 숫자이니 감성은 출렁이고
갈빛에 타는 마음 노랗게 익어가고
고웁게 늙어가려는 여인 연서 읊는다

시인의 젖은 눈엔 한 알의 알곡 찾아
걷고 또 걸으면서 가슴에 담아 놓고
잠 못 든 풀벌레 소리 그리움에 섧구나.

변해버린 섬진강

반세기 넘긴 세월 물길은 그대론데
옛사람 떠나버린 허전한 마을 풍경
어릴 적 뛰놀던 강둑 할머니의 발걸음

새들이 파닥이며 반기어 인사하고
고향을 잊지 말라 지저귄 저 노래는
정든 집 찾는 마음을 달래주는 위로인가

바람은 꿈같지만 살아서 또 찾아올까
저무는 서녘의 빛 떨어져 캄캄하듯
눈가에 흘리는 눈물 옛 추억을 그리네.

두견새

올해도 피었구나 앞뜰에 붉은 동백
작년 봄 두견이가 울고 간 핏물인가
밤새워 울던 넋인가 떠나가신 나의 임

못다 한 사랑 찾아 어둔 밤 달빛 따라
베갯잇 젖은 사랑 밤새워 뒤척이며
그리워 찾아오신 임 버선발로 나가니

몽매간 그리운 임 선홍빛 붉은 눈물
사방을 둘러봐도 차디찬 사면 벽뿐
꿈속의 망상 속에서 옷자락을 붙잡네.

찾아가는 문학

봄 가을 해년마다 찾아간 문학 기행
설레임 안겨주는 순례의 쉼터 찾아
차창 밖 산야 휘돌며 지나가는 잔영들

미동산 수목원의 다양한 볼거리들
야생초 화류원엔 백여 종 고산 식물
희귀종 천년 기념수 보존 위한 유전자

발자국 남기면서 정스런 속삭임들
빠알간 맨드라미 한아름 꽃씨 품고
석양의 붉은 홍안은 가지 말라 붙잡는다

보는 눈 가슴 속에 한아름 품은 낭만
추억을 빗질하여 원고지 듬뿍 담아
아직도 끝나지 않고 가무처럼 출렁인다.

*2019년 11월 5일 서은 문창반 청주 미동산 수목원
지도 교수 조선의 교수님과 추계 문학 기행.

텃밭

밥상에 둘러앉아 맛있는 식사 뒤엔
남겨진 음식물들 알뜰히 모아들고
텃밭에 가는 발길이 이렇게도 기쁠까

채소며 토마토며 발길을 기다리며
이파리 한들한들 마중을 하는구나
가져온 보물 보따리 풀자마자 반긴다

하늘이 빼꼼하면 나서는 골목길에
멍멍이 뒤따르고 흥얼댄 아침 산책
노년의 일편단심이 열댓 평을 가꾼다

백 년을 살다 갈까 휘청인 몸뚱어리
지팡이 의지한 채 오늘도 찾아온다
온난화 지연 전술에 한몫하고 가련다.

여인별곡

부용산* 산허리를 휘돌아 가는 길에
오누이 설운 사연 가슴에 묻어 두고
하늘도 무심하여라 언덕 위의 부용화

하이얀 오선지에 못다 한 사랑 담아
굴곡진 곡절마다 오라비 슬픈 가슴
지순한 시골 소녀는 멋모르고 불렀지

한적한 예배당에 흐르는 풍금 소리
감성의 여운 속에 맴도는 음률자락
가을의 풀벌레 소리 서글피도 우는 밤

지리산 골짝마다 소쩍새 우는 밤에
부용꽃 씨방 품고 서러움 마디마디
태백의 골짜기마다 서리서리 맺힌 꽃.

*부용산; 1947년 박기동 작사 안성현 작곡(빨치산이 즐겨 부른 노래라고 금지곡이 되었다.)

부용산(노래가사)

부용산 오리길에 잔디만 푸르러 푸르러
솔밭 사이 사이로 회오리바람 타고
간다는 말 한마디 없이 너는 가고 말았구나
피어나지 못한 채 병든 장미는 시들었구나
부용산 봉우리에 하늘만 푸르러 푸르러.

삼복더위

유달리 여름 타던 연약한 내 몸뚱이
하지가 지날 때에 사다논 닭 한 마리
더위가 기승부리면 닭백숙이 최고였지

여름철 다가오면 걱정인 울 어머니
한사코 재촉하며 한 그릇 더 먹였지
정성껏 마음결 쏟는 극성맞은 애정꽃

무더위 다가서면 헐떡인 숨소리도
거뜬히 이겨내며 기운을 돋게 하여
귀하던 보약 한 그릇 지친 나를 지켰지.

벗

오래 전 알고 지낸 절친이 집에 왔다
우리는 동갑내기 오십 년 지기 우정
유난히 정이 많았던 심성 고운 내 친구

여자로 태어난 게 그 무슨 죄이련가
꽃다운 청춘인데 유복자 안고 살며
가녀린 애처로움이 그녀만의 숙명인가

손주를 키운 보람 고달픈 한 시절이
세월을 앗아가고 껴안긴 허무감에
파뿌리 마주 보면서 쌓인 회포 풀어본다

잎새에 이는 바람 나뭇잎 다 떨궈도
친구여 자네 먼저 저 강을 넘지 마오
하늘이 가를지라도 우리 우정 영원하리.

저녁노을

열여섯 앳된 소녀 마음의 빈터마다
무지개 꿈 주었던 그 강둑 그대론지
아직도 날 기다리고 있을까 그 뚝섬

고향의 푸른 잔디 송아지 졸랑졸랑
흙냄새 일으키며 소년의 소몰이에
땅거미 어슬한 저녁 휘파람에 설렌다

인생길 짧다 해도 한 생의 화폭 그려
비우고 배우면서 마음은 평온하게
노을빛 서산마루에 시조 한 수 띄운다.

어떤 그리움

접었던 마음자락 가슴에 피멍울로
두고 간 정이련가 얽혀진 실타랜가
맘 두고 떠난 그대여 불면의 밤 긴 세월

섬돌 밑 귀뚜라미 한밤을 울어대고
하찮은 미물마저 짝 잃은 설움인가
저리도 목메이도록 떠나버린 허무함

얼마나 더 울어야 그대를 놓아 줄까
휘영청 달빛 물고 맺었던 사랑 노래
애닯다 하현달 눈물 어느 누가 닦아줄까.

시집 <파도>*를 읽고서

팔월의 열기 속에 발간된 지인 시집
읽으면 읽을수록 잔잔히 흐르는 정
시심에 젖어든 시간 미소 가득 넘친다

한 생의 겸허함이 묻어난 문학예술
자연에 순응하며 학문을 흙에 심고
살아간 농부의 시심 비에 젖어 읊는다

구릿빛 얼굴에서 소박한 관조의 빛
문단의 데뷔까지 살아온 날도 같네
서녘을 같이 걷고픈 시의 친구 동행인.

*손형섭 전 목포대학교 경영행정 대학원장
제2시집 <파도>를 읽으며.

재석산 일기

비 온 뒤 산자락엔 푸름을 자랑하고
이파리 방울방울 하늘물 머금고서
저리도 해맑은 미소 가는 걸음 멈추네

굴곡진 골짝마다 억겁의 세월 품고
스치는 생각 하나 나이테 끌어안고
소슬한 바람결에도 남실남실 웃는다

백년도 힘든 세상 천년을 살 것처럼
조락의 깊은 사념 피안에 이르더니
바람에 스쳐가는가 서걱이는 그리움.

열정

사방은 적막강산 달빛만 유랑한데
어이해 잠 못 들고 한밤을 지새는가
태우고 태우려 해도 태워지지 않는다

흐르는 눈물 자국 바다가 되려는가
허허론 가슴속에 또아리 틀고 앉아
밤새워 애타는 마음 사라지지 않는다

메마른 마음자락 영혼에 새긴 사랑
어이해 풀지 못해 애간장 태우는가
찬란한 새벽 계명성 고즈넉이 잠든다.

할미꽃

지리산 양지 녘에 홀로 핀 할미꽃술
시집간 딸네들이 그립고 보고 싶어
두 딸집 찾아갔건만 문전박대 당하고

눈보라 한겨울에 지팡이 의지한 채
꼬부랑 할머니는 찬바람 헤치면서
산길을 돌고 돌아서 한이 서린 그리움

이 고개 넘어가면 막내딸 집 가는데
어이해 문 앞에서 설화에 잠들었나
하얀 넋 피멍 든 가슴 고개 숙인 할미꽃.

그리움

동짓날 중천에 뜬 달빛에 기대앉아
차가운 품속인 양 밀쳐낸 섭섭함이
가슴속 깊은 샘처럼 마음밭에 새긴다

꽉 막힌 독백인가 어둔 밤 지샌 마음
독한 술 마셔 버린 휘영청 달빛마저
저리도 지긋한 눈빛 애처로이 비춘다

나목의 석양길에 축 처진 마음자락
나 홀로 감내하며 지새는 기나긴 밤
속울음 그치질 않아 가슴 비가 내린다.

숨 쉬는 항아리

매화꽃 활짝 피는 백운산 줄기 따라
너울진 꽃그늘에 흰구름 쉬어 가는
홍쌍리 넓은 마당에 저린 마음 숨 쉰다

야생화 산천초목 둔덕을 오르면서
삽자루 호미 자루 매실꽃 필 때까지
인고의 한 생을 품어 발효식품 익는다

황혼길 잠시 쉬어 서녘을 바라보니
노을에 젖은 얼굴 뜨거운 가슴 안아
가득 찬 항아리마다 익어가는 숨소리.

서녘을 바라보며

한낮의 산책길에 볼우물 예쁜 모습
활짝 핀 동백꽃들 어찌 저리 곱다냐
들었냐 화무십일홍 봉오리째 떨어져

바람아 멈춰다오 땅바닥 붉은 눈물
지는 꽃 서러움다 없나니 영원한 것
그 누가 늙고 싶더냐 우지 마라 인생아

은빛 머리 수줍음 살포시 옷섶 열고
그리움 달래면서 순리대로 살자구나
늦었다 한탄만 말고 평생 학습 즐기자.

그때는 그랬었지

섬진강 은빛 물결 끝없이 펼쳐지고
한가한 오후 한때 나룻배 졸고 있고
뱃사공 육자배기에 노랫가락 흥겹다

긴 장대 호수 위에 은어 떼 춤사위로
신나는 여름방학 꿈 나래 활짝 펴고
해맑은 웃음소리에 반짝 윤슬 까르르

휙 던진 투망줄에 올라온 물고기들
울 오빠 신이 나서 물망에 주워 담고
우리들 다슬기 잡아 고무신에 담았지

꼬마들 물장난에 낮달이 출렁출렁
함께한 추억들이 통통통 뛰어노는
먼 옛날 그때 그 시절 시심으로 그린다.

5.18 절규

장미는 피었는데 향기는 어디 갔나
분노로 삼킨 계절 그로록 처절했던
어머니 하늘의 절규 군홧발에 짓밟혀

한없이 슬피 울어 피 토한 몸부림에
짐승이 되어버린 계엄군 총칼에도
분노의 함성 소리는 민주화를 외쳤지

엄마들 트럭 시민 주먹밥 먹여 주며
아들아 배고프다 힘내라 다독 다독
임들의 발자취들은 맘에 새긴 유언장

민주화 열망하는 광주의 슬픈 역사
신군부 집권으로 더욱더 암울해져
금남로 상무관에서 통곡하는 선혈들.

제3장
기다림

해금강 어부

바다를 가로지른 갑판의 선착장은
짭짤한 갯내음에 어부들 만선의 꿈
포말을 남기고 가는 만경창파 수평선

하늘을 베개 삼아 어둠을 뒤척이며
한 생을 다 바쳐서 파도를 가르면서
물고기 지느러미로 출렁이며 가는 배

서늘한 그리움이 바위섬 촛대처럼
묵묵히 마주 보며 낙조에 타는 가슴
어이해 풀지 못하고 망부석이 되었나.

기다림

앞뜰의 붉은 동백 혈서로 시를 쓰고
허공 속 고즈넉한 여운의 끝자락에
메마른 입술 적셔준 허기 채운 가슴속

저 멀리 떠나버린 속마음 들려주오
환희에 반짝이는 눈동자 잊지 못해
속으로 찔레순처럼 달콤하게 삼킨다

허기진 욕망일랑 안으로 잠재우고
심안의 상흔자락 화단에 꽃을 심듯
봄날을 기다리면서 서른 날을 달랜다.

여정

내 대에 남은 한 분 부고장 받아 들고
눈시울 적시었던 그때가 생각나고
친정집 댓돌만 봐도 가슴 설렌 내 고향

시누이 살뜰히도 챙기던 넷째 올케
엎드려 부복하고 속울음 터뜨릴 때
국화꽃 서러운 눈물 작별 인사 고한다

한 번은 가야지만 멀고 먼 저 강 너머
피안의 갈림길에 슬픔을 잠재우고
바라본 꽃상여 모습 가슴속에 남긴다

대가족 이끌고서 한 시대 호령하며
웃음이 만발했던 어르신 가는 길에
선하게 비춘 햇살이 유난히도 환하다.

스쳐간 바람

사무친 그리움에 잎새에 이는 바람
휘영청 맑은 달빛 창가에 어리는가
산책길 모롱이까지 따라오는 두견새

소쩍새 슬피 우는 산야의 여울목에
함께 한 짧은 연정 못다 한 사랑 노래
목메어 불러보아도 대답 없는 산울림

구만리 머나먼 길 스쳐간 바람결도
비껴간 야속한 맘 구름에 띄워 볼까
처연한 달빛 속에서 허공 속을 맴도네.

봄비

새벽녘 자박자박 단잠이 설쳐지고
목마름 달래주는 푸성귀 떡잎 물고
엉덩이 토닥여주는 사랑스런 입맞춤

수줍어 고개 숙인 봄처녀 부푼 가슴
첫사랑 기다리는 설레는 마음자락
앵두빛 붉은 입술에 속삭이는 밀어들

촉촉이 적셔주니 연둣빛 새순 돋고
해맑게 미소 띠는 봄꽃들 시샘하며
여명의 이슬 머금고 방실방실 웃는다.

진실한 벗

오래 전 교회에서 만났던 성도였다
나보다 두 살 아래 퇴임한 영어교사
깍듯이 언니 대접을 해주었던 친구여

서울로 이사 간 후 가끔씩 안부 전화
고해의 긴 세월을 하얗게 지워가는
부부의 추억 여행에 다시 만난 친구여

기억의 끝자락에 내 이름 잊지 않고
아픈 몸 천 리 길을 찾아온 따뜻한 정
내 생애 잊을 수 없는 마음 고운 친구여

비 오는 창가에서 허공을 둘러쓰고
유장한 세월 속에 지나간 아쉬운 정
피안의 끝자락 만남 다시 못 올 친구여.

*2019년 10월 7일 많은 교우 중 나만을 기억한다는
고마운 친구 보호자인 그의 남편과 만나는 날.

광복절

오늘이 칠십 주년 식민지 서러움은
조국의 독립 위해 애국자 붉은 선혈
청춘의 피울음들을 기억이나 하는가

망국의 한을 품는 통곡의 이역 하늘
처절히 절규하는 한반도 만세 소리
일제의 침략자들을 저격함이 죄련가

안중근 애국지사 고귀한 젊은 넋들
그날을 기억하라 빼앗긴 조국이여
오천만 민족 자긍심 영원하라 그 불꽃

삼천리 금수강산 내 나라 산천초목
그날의 함성들아 해방된 조국이여
외세가 만들어 놓은 저 삼팔선 북녘 땅.

줄 타는 곡예사

마당을 가로질러 이어진 빨랫줄이
튼실한 바지랑대 꼿꼿이 받쳐 주니
온 가족 마음과 마음 이어주는 끄나풀

축 처진 옷가지들 따스한 봄 햇살에
아버지 근엄함도 바람에 살랑살랑
새하얀 도포자락이 펄럭펄럭 춤춘다

따스한 봄 햇살에 새소리 조잘조잘
낭창한 빨랫줄에 웃음이 찰랑찰랑
강남 간 제비 찾아와 지지배배 노닌다

어머니 무명치마 고단함 고슬고슬
인자한 그 미소에 고우신 낭자머리
이어진 혈흔의 긴 끈 부대끼며 살리라.

어떤 연서

봄날의 목련꽃이 후두둑 떨어지듯
맘마저 떨치고서 그렇게 떠났는가
가슴에 머무는 당신 혼백으로 오는 날

고해의 바다에서 지새운 수많은 밤
얼마나 더 울어야 당신을 놓아 줄까
정월도 대보름날 밤 순백으로 맞는다

자식들 돌아보고 밤늦게 오신 그대
가던 날 손 붙잡고 목 놓아 통곡했지
아직도 못 잊을 그 날 되새기는 한밤중.

*2020년 2월 8일 남편 25회 추도일 날 밤.

시 창작반

물어서 찾아 나선 문학의 기초 동산
어려운 우리말이 왜 이리 힘들거나
나이 탓 돌려대면서 은근슬쩍 넘긴다

돌아서 생각하면 백지장 들고 있다
귓가에 스친 말씀 눈감고 새겨 본다
알 것도 모를 것 같은 문학의 길 저 멀리

한 번에 다 알 거냐 수십 번 듣고 들어
몸에 밴 다음에야 시 한 수 나올려나
팔십에 쓰는 시 창작 달 갈수록 참 좋다.

그림자

해님이 둥실 뜨니 수줍게 고개 숙여
주인이 가는 대로 엎드려 순종하며
언제나 낮은 곳에서 살아가는 당신은

때로는 먼저 가서 고개를 내밀면서
무채색 옷만 입고 말없이 뒤따르고
한 번도 보지 못한 채 내 몸속에 스며든다

어둠 속 넘나들며 한 생을 숨어 사는
복면의 여신이여 나와서 떳떳하게
얼굴 좀 보여 주세요 달빛 아래 뒷모습을.

덧없는 세월

한 시절 그럭저럭 식구들 편안하며
잔재미 흠뻑 빠져 산허리 돌고 도니
인생은 붉게 타올라 삼홍*으로 물든다

변한 건 하나 없고 마음은 그대론데
간절함 묻어 두고 하얗게 지샌 이 밤
지난날 걸어온 길이 그리움에 젖는다

아침에 뚜벅뚜벅 비탈진 오르막길
거친 숨 몰아쉬며 걷다가 쉬었다가
편백숲 하늘바라기 함께라서 더 좋다.

*삼홍; 산홍, 수홍, 인홍.

봄날

봄 오면 얼어붙은 섬진강 활기 찾고
널따란 백사장에 모여든 구경꾼들
장구에 장단 맞추니 저렇게도 좋을까

고향 맛 상차림에 맛있게 나눠 먹고
온 동네 큰 잔치로 풍년을 기원하며
곱게들 차려입고서 둥실둥실 춤춘다

며느리 시어머니 이웃 정 나누면서
못다 한 옛정일랑 쏟아낸 마음자락
즐거운 화전놀이에 흠뻑 젖는 정겨움.

■ 섬진강 처녀

연리지

우리는 한 핏줄의 단 하나 배달민족
철조망 세워 놓고 발길을 막아선가
한 서린 이산의 아픔 눈물로서 넘는다

오가며 나눈 대화 어느 날 막혀 버려
가슴속 눈물바다 한없이 서러워서
바라본 님의 향기가 애처롭기 그지없다

반나절 거리 두고 잊은 척 살아가니
서운함 옷깃 젖어 한숨만 투덜댄다
소롯이 품어 안아야 가냘픔도 남는다.

인생

하찮은 일이라도 일리가 있어야지
무조건 저지르면 순서가 맞지 않아
결국엔 다시 해야 해 서두르면 낭패야

마음만 앞선다고 일들이 끝나지 않아
헛고생 자초하고 시간만 낭비하지
하루가 저물고서야 멈출 수가 있었지

출세란 운명이다 안이한 생각 뒤엔
눈물로 쓰던 약속 지켜지지 않았지
확실한 계획 아래서 차근차근 이뤄야 해

몇 십 번 되뇌이고 머리를 짜매면서
밤낮을 가리잖고 성의를 다한다면
최소한 턱걸이라도 매달릴 수 있을 거야.

재석산

울창한 소나무숲 새들이 노래하고
무엇을 보았는가 시인의 눈이 번쩍
우듬지 솔방울 매단 그루터기 가지 옆

지친 몸 쉬어 가라 자기 몸 다 내주고
몇백 년 살았을까 오묘한 자연 정경
언제나 생태 보존은 지켜야 할 우리 몫

낮달이 얼굴 붉혀 쓸쓸함 저미더니
숲속의 요람인가 오늘도 저리 곱게
해맑은 웃음 띄운다 보일 듯이 말 듯이.

판문점 회동

청와대 너른 뜰에 영부인 환한 미소
살구색 원피스가 어울려 하늘하늘
트럼프 친구 만난 듯 다정히도 걷는다

판문점 평화의 집 남북미 정상회담
53분의 실무회담 합의가 되었을까
미국은 완전 비핵화 체제 보장 김정은

DMZ 삼국 협상 트럼프 영변 폐기
정상들 줄다리기 회담이 잘 됐을까
육이오 일제 강점기 한반도의 산 증인

민족의 슬픔들은 한 줄기 희망으로
노을빛 붉은 물결 두만강에 걸쳐 놓고
애끓는 이산의 아픔 살아 상봉 이룰까.

재활 치료

도망간 신경 세포 찾고자 물리 치료
날마다 간절한 맘 기도가 뒤따르고
올곧은 깊은 신념도 하늘의 뜻 모은다

보조기 의지한 채 햇살을 애타하며
한 걸음 떼는 마음 소심한 쾌유 바램
얼마나 간절했으면 온몸이 시려올까

소원이 한계 넘어 다가와 다독다독
햇귀가 다가올 때 창가에 기대서서
정갈히 두 손 모으며 믿음으로 애원한다.

생명 존중

나라별 인간 대접 천차만별 차이 나나
근본적 의미로는 모든 게 소중하다
그 중에 숨 쉬고 사는 동물들은 더더욱

종교의 차이로서 숭배의 대상에는
자기의 믿음 따라 소중히 여기면서
살상을 금지하지만 개개인이 다르다

상식의 범위에서 벗어난 생각들이
멸시와 우월 땜에 빗나간 행동하며
눈물이 흘러내릴 때 그때서야 반성한다.

새

자목련 꽃가지에 오종종 모여앉아
지지배 지지배배 노래하는 참새 떼
이것이 꽃인지 새인지 알 수가 없구나

꽃술을 따먹는지 벌레를 찾는 건지
슬픔의 꽃수레에 허기진 너의 목소리
꽃잎새 향기롭게도 연록색의 정원 앞

한 알의 먹이 찾는 처연한 날갯짓에
가뭇한 추억 하나 뒤지며 시어 찾는
희수의 섬진강 나르는 은발의 처녀처럼.

적멸

한밤의 고요인가 가슴속 후비는 밤
창밖의 빗소리에 마음결 젖어들고
소쩍새 울음마저도 그쳐 버린 저 적막

행여나 오시려나 허공을 붙들고서
속앓이 아픈 가슴 선홍빛 사랑인가
밤새워 흘러내리는 눈물인가 정인가

태우고 또 태워서 불꽃은 재가 되어
임 계신 뜨락에다 연민을 풀어놓고
혼불로 부르는 연가 그대 향한 소야곡

원망도 그리움도 마음에 묻어두고
석양길 걷노라면 언젠간 흔적이 될
추억의 책갈피 속에 새겨두는 내 사랑.

농지기

희수를 넘기도록 장롱에 간직해 온
미영베 꺼내 놓고 그리워 설운 사랑
목메어 울먹이면서 어머니를 부른다

목화밭 가실 때면 손잡고 쫄랑쫄랑
가시에 찔릴세라 찔레순 따 주시며
환하게 꽃미소 짓던 낭자머리 어머니

졸린 눈 깜박이며 베틀에 삶 빚다가
살 만한 쉰한 살에 막내딸 남겨 두고
북망산 꽃상여 타고 떠나가신 어머니.

315실의 눈물

피붙이 만나고파 새벽잠 설쳐 가며
길 나선 가을 외출 차창 밖 너른 들녘
황금빛 영글어 가며 오색 찬가 부른다

해마다 종합 진찰 집 근처 병원 두고
허기져 정을 찾아 에움길 휘돌아서
찾아와 넘치는 사랑 마주하니 정겹다

조용한 침묵 속에 마지막 수술 경과
수술 후 힘을 잃고 축 처진 발목 신경
말로만 듣던 사고에 신의 가호 바랄 뿐.

제4장
석양빛 연정

엄마 찾는 강아지들

암 진단 슬픔으로 요양원 가는 길에
버려진 유기견이 불쌍해 데려오고
하나 둘 더해지면서 백여 마리 동물 가족

온 정성 쏟으면서 쉴 틈을 빼앗기고
발걸음 분주해도 하루 해 짧았더라
어느새 암 덩어리는 사라지고 회복된다

어미 개 죽어버린 새끼들 안쓰럽다
어쩌다 배고프면 어미의 젖을 찾고
가버린 어미 냄새에 킁킁거림 눈물겹다.

개구리 연가

시골길 못자리에 개구리 울음소리
커다란 발동기로 섬진강 물 퍼 올려
논바닥 찰랑찰랑한 수리조합 또랑 물

앞세운 황소 몰고 써레질 두럭치고
튼실히 불린 볍씨 골고루 뿌려 놓아
파랗게 자란 못자리 개굴개굴 우느니

달빛에 출렁출렁 구슬픈 노래되어
어스름 달빛 아래 그리움 소록소록
울 엄마 먼저 가신 날 슬피 울던 나였네.

*2019년 [문학예술] 가을호 등단 작품

용서

미국 간 고향 친구 간절한 부탁의 말
사연이 너무 많아 통화만 다섯 시간
병원에 입원한 남편 고맙게도 찾아와

정성이 가득 담긴 반찬의 고마움에
달콤한 입담으로 이틀만 빌려달라
순수로 믿어버렸던 어리석은 실수여

그 부탁 거절 못해 목숨값 내어주고
어렵게 마련하여 입원비 지불했다
그날 밤 숨져간 남편 통곡보다 더한 절규

천추의 서린 한이 수십 년 불면의 밤
감성과 이성의 늪 품 안에 다독다독
아직도 자식들에게 손해 본 듯 살라 한다.

코로나19

손꼽아 기다리던 한가위 길목 막고
천륜도 묶어 버린 훼방꾼 긴 한숨뿐
외로운 은둔 생활에 형체 없는 불청객

산산이 부서지는 일상에 망연자실
공원길 유모차엔 갓난애 옹알옹알
마스크 답답하다며 터져 버린 울음보

산책길 스친 얼굴 다정한 이웃들과
차 한 잔 나누고픈 소소한 행복마저
처참히 뭉개 버리는 저 어두움 아리다

어쩌다 마주치는 맨 얼굴 놀란 가슴
화들짝 웅크리는 아우성 거리 두기
숨어서 괴롭힌 녀석 너의 정체 밝혀라.

정읍에서

애타게 기다리다 연지봉 능선 넘는
일월봉 산책길에 철따라 꽃이 피고
비자림 생태 보존길 노령산맥 넘는다

스무 살 흑백 사진 반세기 넘어서야
퇴색한 추억 자락 바람에 흩날리며
번뇌를 잊으라 하는 풍경 소리 귀 연다

산자락 오색 단풍 굽이쳐 흐르는데
바람에 낙화되어 뒹구는 저 몸부림
그리움 잠시 멈추고 붉은 융단 밟는다.

섬 노래

거제도 해금강에 그리움만 낯선데
해님이 둥실 떠서 바다에 몸을 씻고
인연의 경계 밖까지 수평선은 멀더라

금단의 땅 한 조각 유폐된 해류 사이
천사의 계단에서 한나절 유람하다
가부좌 틀고 앉아서 읊조리는 시 한 수

하늘 문 열어 달라 삼십 년 그린 잔혼
온몸으로 가는 바다 눈물로 연단하다
야자수 그늘 아래서 쉬어가는 긴 여정.

* 2019년 문학예술 가을호 등단 작품

봄 내음

따스한 봄 햇살에 벚꽃 길 향기 따라
마음이 가는 대로 홀로이 길 나서니
어디서 오고 가는지 흔적 없는 봄바람

내딛는 발길 따라 마음도 따라가니
머리를 밀고 나온 쑥, 냉이 고몰고몰
햇살에 일광욕하며 도담도담 정겹다

옛 시절 현현하여 추억의 빗장 열고
봄나물 캐는 마음 엎드려 조아리며
하찮은 것들에 대한 묵언 속의 깨우침

그리움 봄 햇살에 살며시 고개 들어
봄 처녀 바구니에 봄나물 가득하니
설렘이 봄바람 타고 살랑살랑 스민다.

문경새재 · 1

험준한 조령산맥 산허리 능선 따라
사방을 둘러봐도 첩첩이 포개진 산
쌓여진 이 고달픔도 경이로이 씻긴다

하늘을 베고 누워 숨긴 채 굽이굽이
펼쳐진 깊은 사연 숲속을 곡예하며
청정수 흐르는 마음 저 하늘에 띄울까

새들도 넘기 힘든 조령산 허리춤에
달그랑 호리병은 설렘을 넘어가고
박달재 고모산성은 한오백년 고갯길.

문경새재 · 2

청명한 가을 하늘 새들도 술래잡기
고갯길 쉬어 가는 가파른 산모롱이
붉게 타 익어 가는데 붓끝만은 뭉툭해

과거길 한양 천리 꾸러미 주먹밥에
호리병 덜렁덜렁 유생들 고뇌에는
한 많은 과거급제가 굽잇길을 오른다

흐린 달 바라보며 날밤을 새면서도
생각을 그리려는 문학이 꿈틀대고
가슴은 언제나처럼 왜 이리도 설렐까

산하는 홍엽 둘러 청풍호 단풍 절경
산 좋고 물 맑은 곳 이화령 백두대간
서리꽃 하얀 머리에 곱디곱게 새기리.

독백 · 1

장맛비 쏟아지니 밭두렁 아카시아
꽃 지고 바람 일어 밀려든 슬픔인 양
옛 추억 베고 누웠던 밭고랑에 눕힌다

벌 나비 찾아들던 향기 다 어디 가고
가지째 잘려나간 외로운 몸뚱어리
버팀목 자리 해주던 옹이만이 남았다

하늘을 벗삼아서 나누는 하소연에
별빛도 같이 울고 다독인 그 손길에
한 생의 소실점 향해 다가서는 그리움.

외롭다

이 밤이 지나간들 그 무슨 소용인가
저 달에 말해본들 가 닿지 않는구나
소복이 쌓인 눈처럼 연서들만 쌓인다

내일도 해가 뜰까 괜스레 걱정하고
눈감아 떠오르면 마음이 상하지만
수십 번 되뇌이면서 그리움을 달랜다

이제는 잊으리라 마음에 약속하고
돌아서 누울 때면 아련한 보고픔이
초승달 굽은 허리에 업혀 가면 어떠리

접었다 펴 보다가 그래도 아쉬워서
필묵을 꺼내 들고 수취인 없는 편지
쓰다가 부칠 수 없어 지새우는 하얀 밤.

섬진강 노을

섬진강 은빛 물결 하늘까지 차올라
백사장 모래톱에 무시로 드나들다
잔물결 헤엄치면서 곡예하는 은어 떼

강둑의 수양버들 저린 발을 감싸고
가슴속 풀어헤친 그리움 어린 순정
아직도 가슴속에서 덫을 푸는 시간들

젊은 날 추억일랑 소롯이 새겨놓고
사색의 노을자락 낯익은 쓸쓸함에
귀 닫은 저물녘 너머 풍진 세상 펼친다.

보금자리

찌들린 사회생활 외로움 덧칠한 채
술 한 잔 기울여도 남는 건 허무일 뿐
온종일 바둥거려도 찾아갈 곳 없구나

친구가 좋다 한들 텅 빈 속 채워 줄까
찾아든 낯선 찻집 별빛이 서성거려
추억을 돌이켜 봐도 서운함만 더한다

개울가 다슬기들 다정히 옹기종기
깊숙이 손 뻗으면 죽은 듯 나뒹굴고
안착할 바위틈으로 기어오른 저 모습

둥지 튼 강남 제비 짹짹짹 먹이 달라
인적이 많은 곳에 번식한 이유 하나
안도할 믿음 하나로 거침없이 날은다.

다리

시내를 가로지른 추억의 냇가에는
졸졸졸 흘러가는 돌다리 징검다리
한 발짝 뛰며 건너는 낭만 묻어 정겹다

물고기 무리 지어 오르는 시냇물엔
청정의 생명수로 촉촉이 적셔주고
싱그런 한 줄기 희망 그 속삭임 흐른다

철다리 이어 주는 튼실한 철구조물
수백 년 소원 이룬 소통길 펼쳐 주니
지나간 향수 자락이 물길 속에 노닌다.

능소화

여명의 아침 이슬 살포시 머금고서
길다란 목을 빼고 사연을 전하는가
그리움 통으로 새겨 한 허리를 보듬네

행여나 오시려나 뙤약별 친친 감아
담장을 휘어잡고 속마음 풀어놓아
애간장 타버린 가슴 전할 길이 없구나

가녀린 마음자락 달빛이 부서질 때
주홍빛 꽃잎마다 부르는 사랑 노래
가야금 타는 열두 줄 피멍울로 전하네.

사차원

어느 날 애처롭게 가냘픈 몸이 되어
휠체어 의지한 채 아내가 밀고 다닌
교회의 크신 장로님 한 송이의 국화꽃

영전을 보는 순간 한 생의 서사시로
읊으던 생전 모습 담겨진 필름처럼
이다지 여위었을까 남기고 간 흔적들

이제는 볼 수 없고 영혼의 그림자로
모든 것 다 잊고서 깊은 잠 들으시고
주님이 깨우신다면 다음 세상 만나요.

*2019년 3월 15일 고(故)이종선 장로님 영전에서.

산 위의 산

몇 조금 가다 보면 활짝 핀 배롱나무
가을의 부름인가 떨구는 꽃송이들
된걸음 옮길 때마다 채운 향기 새롭다

매미의 절규에도 날아간 사랑 고백
가을의 문턱에서 갈피를 못 잡고서
한 번 더 날아오르며 하소연을 날린다

거대한 몸뚱어리 일부를 내어주며
개미의 허리만큼 소심한 보고픔은
두 겹에 쌓인 것처럼 푸른 숲에 안긴다

말없는 우직함에 한 켠을 내어주고
모두를 품어 안아 다독인 마음자락
그 위에 포용의 숨결 흐르는 듯 정겹다.

제2 인생

누구나 거쳐야 할 새로운 인생 2막
싱그런 나래 달아 설레임 서두르는
흐뭇한 달빛 버무려 새벽 창에 띄우리

굴곡진 삶의 여정 수시로 넘나들며
폐허의 세월에도 출렁인 윤슬처럼
향긋한 아침 인사에 순수 방울 얹으리

나긋한 가슴속에 꽃망울 틔우면서
부치지 못한 연서 살포시 내려놓고
마음속 채색 옷 입혀 나비처럼 살고파.

자아 성찰

꽃피어 향기 날린 오월의 싱그러움
별자리 아린 밤에 구만리 사색 너머
감추어 고이 간직한 오랜 침묵 깨운다

무심코 놓친 것들 가슴에 꿈틀거려
불그레 설렌 감성 그 잔영 풀꽃처럼
살포시 태워가면서 아련하게 떠나리

추억의 아름다움 간직한 고운 숨결
서산의 붉은 낙조 내 생의 그림처럼
발자취 남겨진 삶이 축복으로 맞으리

청춘의 아름다움 무심코 지냈더니
하현달 바라보며 내 어찌 그냥 갈까
한 생의 값진 삶 펼쳐 서정으로 꾸미리.

유랑의 노래

조국의 금수강산 지켜온 조상의 얼
이유도 어딘 줄도 모른 채 화물칸에
실려 간 중앙아시아 우슈토베 정착지

갈대숲 우거진 땅 척박한 대지에서
바이칼 호수만큼 아물지 못한 상흔
우리의 혈통 한민족 슬픈 가슴 유목민

한 서린 그리움에 행여나 잊혀질까
고려인 아리랑은 유랑의 슬픈 노래
머나먼 이국땅에서 뿌리내려 불린다.

둥지 튼 심화

바람이 설친 자리 고독한 한숨 소리
외로운 생의 침묵 소소한 나눔마저
사무친 외침마저도 들리지를 않는지

기다린 마음자락 연둣빛 눈물인가
앞산의 진달래꽃 이토록 목이 메여
꽃 미소 살랑이면서 안아 달라 보채네

쓰러진 고목나무 나이테 끌어안고
옹이진 마디마디 갈라진 상처마다
새들의 슬픈 연가로 눈물 섞어 부르네.

들꽃

너른 들 방천에는 무서리 차가운데
해와 달 일월성신 보듬고 조화롭게
피어난 침묵의 향기 달빛 속에 출렁여

밤이면 이슬 젖고 낮에는 햇빛 받아
자연의 섭리 따라 한나절 노닐다가
하늘에 순종하면서 피고 지고 한 시절

모롱이 비탈진 곳 보는 이 드물지만
가녀린 너의 숨결 바람에 하늘하늘
세상에 가장 예쁘게 하나님이 키우신 꽃.

석양빛 연정

섬진강 둘레 길섶 휘감고 걷노라면
새하얀 모래사장 사랑이 펼쳐지고
소녀의 보랏빛 꿈도 가슴 가득 품었지

물안개 가물가물 윤슬은 반짝반짝
첫사랑 설레임도 수줍던 홍안처럼
열일곱 큰애기 사랑 두근거림 있었지

철없던 한 시절도 가슴에 남겨두고
추억이 새록새록 담아둔 지난 세월
아직도 멈추지 않아 노을빛에 태울까.

제5장

회상

청춘 서곡

무심한 강 언덕에 흰머리 나부끼고
꽃 시절 어디 갔나 서산을 바라보니
그래도 그때 한 시절 사랑꽃을 피웠다

손주들 웃는 모습 행복이 넘치는데
애닯다 한탄 마소 그 옛날 문학소녀
젊음은 다 잃었지만 소망 하나 이뤘다

곳곳에 숨겨 놓던 마음속 사연들도
해진 곳 꿰매어서 채색 옷 곱게 입혀
님 계신 산등성이에 쪽빛 날개 펼친다.

황진이 · 1

기러기 날아가고 부엉이 우는 밤에
구슬픈 운율 가락 누굴 위해 퉁기는가
고운 님 떠나 버린 밤 타는 가슴 어쩌나

어이해 가는 임을 붙잡고 애가 탄가
비련한 여인이면 마음도 못 이룰까
가야금 타는 열두 줄 울음 속에 묻어둔다

한밤의 상흔 자락 달빛을 끌어안고
서화담 오시는 밤 어이해 잠 못 드는가
예술인 송도삼절의 몸을 던져 헤아린 길

화무는 십일홍이 달빛에 시드는가
망울진 고운 꽃도 열흘을 못 넘기니
아서라 천하일색도 서글픔을 껴안는다.

황진이 · 2

가슴속 간직한 꿈 절절한 외침인가
향긋한 그대 입술 잔물결 타고 나와
사내들 눈물까지도 끌어내는 호소력

은달빛 새어들면 가야금 튕기면서
엮어 간 감성들이 한덩이 매듭 풀 듯
가늘고 낮은 목소리 심장까지 스민다

유혹의 콧소리에 그 누가 지나치랴
단아한 저 뒤태에 마음도 뺏기더니
밤새운 이별가에는 만리연정 쌓는다.

(2021년 12월 07일 광주매일신문 개재)

유년의 첫눈

달빛도 가리운 채 삭풍에 사뿐사뿐
여기도 저기에도 천사가 내려앉아
밤새 쓴 겨울 편지가 소복소복 쌓였네

장독대 초가지붕 새하얀 눈물방울
뒤뜰의 앵두나무 솔바람 살래살래
솜이불 툴툴 털고서 여명의 빛 맞는다

드넓은 고향 들녘 쭉 뻗은 신작로 길
소녀는 뚜벅뚜벅 발자국 새겨둔다
온 세상 티 하나 없이 묻어놓은 첫사랑.

우렁각시

텅 빈 집 외출해서 돌아온 피곤함을
집안의 복숭아향 지친 몸 달래준다
식탁엔 갖가지 음식 딸내미의 메모지

"딸보다 바쁜 엄마" 엇갈린 아쉬움은
냉장고 밑반찬에 정성이 담겨 있고
삼 남매 효심 봉투도 눈시울이 젖는다

원망과 그리움을 눈물로 녹이면서
자식들 결혼하여 분가해 홀로 남은
우렁이 텅 빈 외로움 오늘 하루 또 간다.

일상의 행복 · 1

햇볕이 자글자글 고추장 담그는 날
익반죽 찹쌀떡은 둥글게 도넛처럼
잘 빚어 끓는 물 속에 살짝 넣어 띄운다

커다란 다라이로 건져낸 찹쌀떡에
혼합한 메주 가루 으깨어 풀어내면
정갈히 닦아서 말린 고춧가루 넣는다

묵혀둔 야채 효소 조청도 듬뿍 넣어
짭짤한 천일염에 밑간을 맞추어서
손맛에 윤기 자르르 매콤달콤 고추장.

일상의 행복 · 2

햇살이 내려앉은 장독대 항아리엔
커다란 메주 사이 숯 고추 둥실둥실
한 시절 하늘을 품고 자린고비 넘긴다

아들 딸 보고파서 가득 찬 단지마다
정성을 듬뿍 담아 보내는 어미 마음
떠난 뒤 그리워할까 향기만을 남긴다

항아리 소담소담 살렸다 고유의 맛
지나면 생각날까 내림 맛 사랑 가득
어미 정 며느리한테 전수하고 가련다.

태평세월

접었다 펴 보다가 하루해 묻어 두며
소담한 여유 자락 배낭에 걸머지고
오늘도 뒷산 편백숲 낭만 여행 즐긴다

걷다가 쉬었다가 긍정의 그루터기
심연의 가슴으로 현실을 받아들여
불편함 지팡이 빌어 뚜벅뚜벅 걷는다

불타던 사랑 놀이 여정을 헤매지만
멈춰 설 그날 위해 오름길 마다 않고
심호흡 날려 보내며 너른 품에 안긴다

새소리 서글퍼도 바람에 실어 보내
찾아든 고독의 변 눈밖에 밀쳐 두고
잠시의 여유 공간에 편백향을 채운다.

전통 혼례식

초례청 앞마당에 불 밝힌 청사초롱
울 언니 혼례식 날 축하객 모여드네
휘황한 족두리 보석 떨고 있는 새 신부

기러기 안고 오는 늠름한 신랑 모습
수줍게 고개 숙인 연지분 고운 얼굴
연하늘 색동 활옷에 빛이 나던 새 신부

언약의 신부 술잔 합환주 꿀꺽하고
맞절한 신부 신랑 부부의 연을 맺어
첫날밤 불난 발바닥 가시버시 꽃잠 드네.

외도 사랑

세상의 문 밖으로 저 깊은 심연의 끝
해금강 유람선에 깨어나는 섬 하나
울리는 뱃고동 소리 갈매기 떼 춤춘다

유폐의 오랜 고독 가슴에 새겨 놓고
추억을 빗질하여 마음에 담아 오면
스치고 지나는 인연 수평선에 걸린다

사랑과 정성으로 꿈동산 이뤄 놓고
머금어 붉게 물든 빛나는 햇살처럼
머나먼 파라다이스 여명으로 깨운다.

*2019년 5월 21일 조선의 교수님과 서은문학 봄 문학기행 거제 외도.

석류

한낮의 뙤약볕에 너울진 푸른 잎이
바람에 살랑이며 서로를 다독이고
홍조 띤 얼굴 내밀고 활짝 웃는 저 미소

깊은 밤 속앓이를 저 달은 알아 줄까
이내 몸 타는 열정 모른 채 있더니만
서산의 붉은 낙조에 알차게도 여문다

청초한 햇살 아래 홍안을 가리더니
가슴속 깊은 사연 알알이 숨기고서
농익은 가을 하늘에 열어젖힌 저 몸짓.

억새

질척한 땅에서도 힘겹게 뿌리내려
얽혀진 마음까지 갈바람 벗삼아서
가녀림 부둥켜 안고 하얀 미소 담는다

가을이 살랑살랑 수줍음 뒤로한 채
서로가 몸 비비며 귓속말 사삭사삭
저 너머 은빛의 물결 곧은 절개 펼친다

아서라 가는 세월 뉘라서 막을 건가
비바람 몰아치고 천둥이 울어대도
자연에 순응하면서 풀잎처럼 살았다

노을의 붉은 사랑 힘겨움 괴롭혀도
석양길 걸었었던 함께한 긴 시간들
꽃 피움 하얀 머릿결 그리움을 새긴다.

봄이 왔는데

봄바람 살랑살랑 섬진강 넘어서고
매화꽃 춤을 추니 설레임 서성대며
손짓에 고운 미소로 아지랑이 반긴다

벚꽃길 향기 따라 버들잎 휘늘어져
조바심 둘러업고 발걸음 재촉하니
민들레 낮게 피어나 봐 달라고 보챈다

내 님은 별이 되고 그리움 사무쳐서
텅 빈 맘 대숲처럼 서러움 마디마디
빈 가슴 하늘바래기 서걱이다 잠든다.

산골

여명의 아침이슬 솔숲에 대롱대롱
졸졸졸 계곡물이 물안개 걷어내니
순순한 골짜기 마을 고즈넉한 외갓집

이리도 빨랐던가 칠십 년 훌쩍 넘어
가고픈 고샅길이 아직도 그대롤까
박덩이 초가지붕에 자리하고 있을까

뒤뜰의 터줏대감 고목의 땡감나무
다랑이 논배미엔 메뚜기 천지였지
추억이 넘실거리는 할머니의 그리움.

빗소리

실눈 뜬 창밖으로 빗방울 낙서하며
하고픈 담긴 속내 줄줄이 토해내다
한숨을 들이켜는지 사연들을 지운다

담 너머 내린 비는 깨소금 볶는 소리
대문을 두드리며 마음을 불러낸다
귀 쫑긋 엿듣고파서 빗속으로 달린다

응고된 사랑에도 새싹이 피어날까
촉촉이 적셔주는 외로운 빗물 낙서
햇살이 전해주었던 구구절절 사연들.

병실 도서관

하루면 오고 가고 충분한 종합 검사
뜻밖의 의료 사고 살다가 이런 일이
욕심이 지나쳤을까 후회의 길 걷는다

4개월 병원 신세 아들 딸 마음 고생
성도들 쾌유 기도 가슴이 에이는데
위로의 책들 쌓이고 돌보기는 바쁘다

기약도 할 수 없는 서산에 걸친 시간
어설픈 낙서 조각 그 누가 읽어 줄까
한밤중 깨우는 시심 새벽잠에 누인다.

못

한 세상 살다 보면 가슴에 쓰린 상처
할 말이 태산 같아 다 풀지 못하고서
어이해 떠나지 못해 속앓이만 하는가

하고픈 말 한마디 툭 던져 뱉고 나면
그 순간 통쾌하고 꿀잠을 잔다지만
마음이 여리고 순해 말 한마디 못한다

한 맺힌 상처들을 가슴에 품고 살며
빼내지 못하고서 한으로 남겨 놓아
서산에 걸친 저 해는 이 마음을 알거나.

*제32회 노산 시조 문학상 수상작

■ 섬진강 처녀

옹이

한밤을 지새우며 실타래 꺼내 놓고
감았다 풀었다가 어디서 잘못됐나
오늘도 얽히고설킨 하얀 밤이 섧구나

툭 던진 말 한마디 가슴에 상흔 되어
꼬였던 마음 자락 풀 길을 못 찾겠다
한 생을 살아가면서 좋은 일만 있을까

비탈진 오솔길에 등 굽은 의자 하나
지친 몸 쉬어 가라 쭉 뻗은 편백숲에
새소리 바람 소리에 마음 풀어 새긴다

걷다가 쉬었다가 돌부리 채어 가며
박힌 못 빼지 못해 이리도 애타는가
속앓이 울부짖다가 깨달음을 얻었다.

독백 · 2

미움도 몰랐었고 거짓도 몰랐었다
잎새에 바람 일어 저 떨림 어이 할까
한 생의 지느러미를 끌어안고 살았다

하늘의 순리대로 살아야 한다기에
가슴을 부여안고 밤새워 흐르는 강
하얀 맘 지고지순함 고즈넉이 잠든다

무엇이 진실이요 무엇이 허상인가
서 있는 이 자리가 돌부처 될지언정
내 사랑 바람에 싫어 저 하늘에 띄울까

잃은 건 무엇이며 얻은 건 무엇인가
세상사 보지 못해 바보로 살았었지
뒤늦은 후회의 눈물 귀한 선물 아닌가.

쓰르라미

창가에 어린 달빛 선잠 깨 나왔더니
베란다 너의 슬픔 그렇게 울어싼가
어미를 찾는 것일까 짝을 잃은 것일까

불 밝혀 찾아봐도 어디에 숨어 우나
애절한 너의 노래 한밤의 슬픈 곡조
매미가 떠난 자리에 서걱이는 가을밤

환하게 길을 내어 불 밝혀 주었건만
외로움 내 맘인 양 텅 빈 채 떠난 자리
어이해 다시 찾아와 애간장을 태우나.

회상

이맘때 울 어머니 가마솥 부여잡고
노란 콩 한 솥 삶아 쿵더쿵 하루 종일
숨가쁜 휘파람 소리 환한 미소 띠웠지

손맛이 어우러진 구수한 된장 맛에
자식들 감싸 안고 고된 일 잊고 살며
오지게 토닥이면서 사랑 담아 키웠지

이제는 볼 수 없고 추억만 아른거려
뒤란에 밀려 나와 허공을 붙잡고서
짱짱한 가을 햇살에 그리움을 삼킨다

몇백 년 내림 장맛 동치미 김장김치
스쳐간 지난 세월 여심의 문장 되어
사계절 얼음 창고에 밀려나는 장독대.

기도

어둠이 깔린 새벽 정좌에 마음 모아
성령의 중한 말씀 가슴에 새겨가며
믿음에 두 손 모으며 하나님께 기댄다

하루를 시작하며 감사의 기도 속에
만나는 매일 아침 신비의 천지창조
은혜로 살아있음에 감사 기도 올린다

자숙해 성찰하고 비워야 채워지며
알고도 어려운 일 비우고 또 비우며
그릇에 사랑과 용서 은혜로움 넘친다

성령님 내 마음이 절대로 할 수 없어
제 맘을 채찍 하셔 새 마음 주시옵고
가슴에 들어오셔서 주님 닮게 하소서.

휴식

마음이 공허할 때 자연을 찾아간다
오늘은 교우들과 봄 소풍 나들이 길
산야를 휘돌아가며 콧노래도 즐겁다

모처럼 함께하며 목마름 적셔 주니
가뭄에 내려주신 하늘물 마시면서
가끔은 허기진 마음 채워주는 촉촉함

화순골 깊은 산속 미쓰바 야영장은
사방을 둘러봐도 초록의 궁전이요
영육을 소생하고자 기도하는 휴식처.

*미쓰바 : 구약성경 삼: 상, 5장 : 7절
이스라엘 백성이 사무엘의 지도로 금식기도 했던 장소.

황진이

가슴속 간직한 꿈 절절한 외침인가
향긋한 그대 입술 잔물결 타고 나와
사내들 눈물까지도 끌어내는 호소력

은달빛 새어들면 가야금 튕기면서
한 서린 매듭 풀 듯 엮어 간 감성들이
가늘고 낮은 목소리 심장까지 스민다

유혹의 콧소리에 그 누가 지나치랴
단아한 저 뒤태에 마음도 뺏기더니
밤새운 이별가에는 만리연정 쌓는다.

약력

▲'문학예술' 시, 시조 등단, '동산
문학' 수필등단
▲서은문학 회원, 광주문인협회 회
원, 문학예술 광주지회 부회장
▲'샘터' 8월호 특집 수필 문학상, 현대 시문학 삼행
시 문학상
▲호남시조문학상, 노산 시조백일장 문학상 수상.
▲시집 : '섬진강 쳐녀'

▶시조 '황진이'

이 시조에서의 시적 화자는 황진이의 내면 속으로 들어가 잠시 공감대를 형성하며 하나 되고 있다. 가슴속에는 꿈과 외침이 함께 존재한다. 또한 눈물과 호소력과 맺힌 한, 그리고 유혹의 콧소리도 함께 뒹군다. 은달빛과 단아함도 함께하고, 가야금 튕기는 소리, 밤 지새는 이별과도 함께한다. 시각 이미지, 후각 이미지, 청각 이미지를 입체적으로 배치하여 아름다운 이미지 구현을 이룩해 놓은 멋진 시조에 독자들은 한껏 빠져들고 있다. 특히, 황진이의 슬프듯 고운 시심이 고요롭게 전달되고 있어, 아름다운 감성의 파노라마도 가슴에 안아 볼 수 있다. 거기서 느끼는 섬세한 감흥이 우리를 행복하게 하고 있다.

한실 문예창작 문우들의 작품집

오늘의 詩選集 Series

한실 문예창작 동인지

한실 문예창작 동인지 제1집
『한꿈』

한실 문예창작 동인지 제2집
『한꿈』

한실 문예창작 동인지 제3집
『당신의 쓸쓸함은 안녕하십니까』

한실 문예창작 동인지 제4집
『목련은 흔들리고 있다』

한실 문예창작 동인지 제5집
『그래도 한쪽 가슴은 행복합니다』

한실 문예창작 동인지 제6집
『좋은 걸 어떡해』

한실 문예창작 동인지 제7집
『아직도 사랑인가 봐』

한실 문예창작 동인지 제8집
『꽃만 봐도 서러운 그날』

한실 문예창작 동인지 제9집
『보고픔이 자라고 자라서』

한실 문예창작 동인지 제10집
『처음 사랑』

한실 문예창작 동인지 제11집
『마냥 좋아서』

한실 문예창작 동인지 제12집
『그대는 나의 누구인가』

한실 문예창작 동인지 제13집
『여백의 미학』

한실 문예창작 동인지 제14집
『사랑하기까지』

한실 문예창작 동인지 제15집
『시의 집을 짓다』

한실 문예창작 동인지 제16집
『그리움의 향기』

오늘의 수필집 Series

오늘의 수필집 제1권

그곳 봄은 맛있었다
최세환 지음 / 288면

오늘의 수필집 제2권
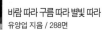
바람 따라 구름 따라 별빛 따라
유양업 지음 / 288면

오늘의 수필집 제3권
행복한 여정
유양업 지음 / 304면

오늘의 수필집 제4권
창문을 읽다
박덕은 지음 / 164면

오늘의 수필집 제5권
꿈을 꾼다
유양업 지음 / 256면